Ulla Lundqvist
Chaos auf Probe

© privat

*Ulla Lundqvist* wurde 1938 in Helsingborg, Schweden, geboren und ist auch dort aufgewachsen. Heute lebt sie als Literaturwissenschaftlerin in Stockholm. Sie arbeitet als Universitätsdozentin, Rezensentin und freie Autorin. Neben Fachbüchern schreibt sie Romane für Kinder und Jugendliche und auch für Erwachsene. ›Chaos auf Probe‹ ist das erste Buch von Ulla Lundqvist, das auf Deutsch erscheint.

Ulla Lundqvist

# Chaos auf Probe

Aus dem Schwedischen von
Maikc Dörries

Deutscher Taschenbuch Verlag

Deutsche Erstausgabe
In neuer Rechtschreibung
Mai 2002
Deutscher Taschenbuch Verlag GmbH & Co. KG,
München
www.dtvjunior.de

Titel der schwedischen Originalausgabe: ›Madigan‹,
1999 erschienen bei Eriksson & Lindgren Förlag,
Stockholm

Umschlagkonzept: Balk & Brumshagen
Umschlagbild: Lisen Adbåge
Gesetzt aus der Caslon 540 11/13˙
Gesamtherstellung: Ebner & Spiegel, Ulm
Printed in Germany · ISBN 3-423-70696-1

# ERSTER TEIL

## Betrübliche Dinge passieren

### 1

Als ich das Wort »betrüblich« in mein Notizbuch schrieb, das in den alten Liedern von Oma oft vorkommt, fiel mir wieder ein, dass an dem Tag, an dem alles seinen Anfang nahm, auch etwas Tolles passiert war. Aber das Betrübliche war natürlich größer und viel wichtiger. Außerdem passierte es zuerst, also fange ich auch damit an.

Wir saßen beim Abendbrot, es gab Erbsensuppe und anschließend Pfannkuchen, wie jeden Donnerstag um diese Jahreszeit. Es lag in der Küchenluft, dass Mama und Papa etwas ausbrüteten, etwas Unangenehmes. Als Erstes schoss mir durch den Kopf, vielleicht hätte meine Lehrerin angerufen und gesagt, ich müsste mich in Mathe zusammenreißen, was ja auch wirklich der Fall war. Als Nächstes fiel mir ein, dass Mama sauer sein könnte, weil ich meine Sommerklamotten immer noch nicht weggeräumt hatte, wie versprochen.

Hinterher wäre ich froh gewesen, wenn es um Mathe oder Sommerklamotten gegangen wäre. Aber darum ging es nicht. Es ging um etwas viel Schlimmeres.

Die ersten fünf Minuten sagte praktisch keiner was. Außer dass Mama »Schlürf nicht so« zu Papa sagte, was nicht weiter ungewöhnlich war. Der Satz fällt in der Erbsensuppensaison jeden Donnerstag mindestens einmal.

Nach weiteren fünf Minuten räusperte Papa sich, ungefähr so, als wollte er eine Ansprache halten. Das kommt öfter vor, er ist nämlich Schulrektor. Zum Glück nicht an meiner Schule. Wie gesagt, er räusperte sich und dann sagte er: »Tja, Elvira.«

Mehr nicht. Aber allein die Tatsache, dass er mich bei meinem richtigen Namen nannte und nicht Madigan oder Madde sagte wie sonst immer, verhieß nichts Gutes. Mein richtiger Name hing sozusagen ängstlich zitternd unter der Küchenlampe und wartete auf den großen Knall. Ich sah Mama an, aber die starrte stur in ihre Suppe.

Papa räusperte sich noch einmal.

»Tja, Elvira.«

Auch diesmal kam er kein Stück weiter, darum sagte ich – obwohl mir das Herz fast in die Hose gerutscht war – so fröhlich und aufmunternd wie möglich: »Ich weiß, so heiße ich, ein wirklich entzückender Name.«

Mama und Papa wechselten kurze Blicke über den Tisch hinweg und sagten dann fast gleichzeitig: »Tja, also, wir haben uns überlegt, dass wir uns trennen wollen. Auf Probe.«

*Trennen?*, dachte ich bei mir, im Klartext hieß das doch unter Garantie eins:

»SCHEIDEN LASSEN?«, schrie ich laut und gellend und fügte zum Erstaunen aller hinzu: »Leckt mich doch!«

»ELVIRA!!!«, riefen die beiden empört, schon wieder gleichzeitig, diesmal in Großbuchstaben und mit drei Ausrufezeichen.

Mir war schon klar, warum, ich bin ja nicht doof.

»Sorry«, sagte ich. »Ich wollte sagen: Nie im Leben!«

Danach wurde es still. In das Schweigen hinein dachte ich, wie schon oft: Nicht zu fassen, wie feige Erwachsene sind. Besonders, wenn sie Kindern was Wichtiges oder Unangenehmes mitzuteilen haben. Mein nächster Gedanke war: Ich werde ihnen jedenfalls nicht helfen. Sollen sie ruhig schmoren und merken, wie ihnen das Schweigen als ein fetter Klumpen im Hals stecken bleibt. Dann können sie keine Erbsensuppe mehr essen und nicht mehr solche Reden schwingen, geschweige denn sich trennen. Dummerweise war es aber mein Hals, in dem sich der Kloß festsetzte. Ich schmiss den Löffel in die Suppe und sprang vom Tisch auf, rannte in mein Zimmer, warf mich aufs Bett und heulte los wie ein Schlosshund.

Es dauerte nicht lange und sie standen im Türrahmen. Alle beide. Diesmal machte Mama den Anfang. »Madde, meine Kleine«, sagte sie.

Das klang schon besser. Wenn sie mich Elvira nennen, rechne ich immer mit dem Schlimmsten. Obwohl das ja längst eingetroffen war. Oder besser gesagt demnächst eintreffen würde.

»Also, Madde«, fuhr sie fort. »Es ist nicht so, wie du glaubst. Wir wollen uns nicht scheiden lassen. Nicht wirklich. Jedenfalls nicht gleich, und vielleicht auch überhaupt nicht. Aber, weißt du, da ist doch dieses Stipendium, ich will ja sowieso nach Frankreich. Jetzt ist es von sechs auf acht Monate verlängert worden, die Chance kann ich mir einfach nicht entgehen lassen.«

»Ist das alles? Das weiß ich doch längst!«, sagte ich und tupfte mir mit einem Zipfel der Tagesdecke die Augen trocken. »Deswegen braucht ihr doch nicht gleich zu sagen, ihr würdet euch trennen, als ob die Scheidung schon abgemachte Sache wäre! Du kommst doch wieder zurück, oder?«

Ich war richtig erleichtert, wenn auch noch immer ziemlich sauer. Aber da kam schon der nächste Knaller.

»Na ja, ganz so einfach ist das nicht«, sagte Papa.

»Da käme nämlich noch eine andere Person mit ins Bild«, sagte Mama. »Wenn nicht sogar zwei.«

»Wie wär's mit drei«, schlug ich vor, um ihr auf die Sprünge zu helfen.

»Aber natürlich, Madde. Mit dir zusammen drei«, sagte Mama. »Und du bist die Wichtigste von allen.«

»Ach so«, antwortete ich mit einer Stimme, die, wie ich hoffte, *kalt wie Eis* war (diesen Ausdruck hatte ich aus den Mädchen-Abenteuerbüchern von Oma). »Und wer sind die beiden Unwichtigen?«

»Na ja, Papa ist ziemlich angetan von einer gewissen Dame aus der Schulbibliothek«, antwortete Mama.

»Und Mama ist ziemlich viel mit Eje zusammen, der die Bilder für ihre Bücher malt«, sagte Papa.

Dame! Meinten sie damit etwa Ingalill? Die ist echt nett und unterhält sich immer mit mir über Bücher, wenn ich Papa in seiner Schule besuche und er noch hinter der Direktorentür sitzt und nicht gestört werden darf.

Eje! Den wir schon ein Leben lang kennen, ich jedenfalls. Der mich mit drei und sechs und acht und elf Jahren gemalt hat. Die Bilder hängen alle bei uns im Flur!

»Dann habt ihr also vor die nächsten acht Monate mit denen rumzuvögeln«, sagte ich und war selbst ganz überrascht, dass ich mich traute dieses Wort in den Mund zu nehmen. Wahrscheinlich war Mamas und Papas Nervosität daran schuld. Ich hatte Oberwasser. »Du hier und Mama in Frankreich. Na super!«

Mama und Papa warfen sich über meinen Kopf hinweg entsetzte Blicke zu. Dann räusperte Papa sich zum dritten Mal und sagte mit seiner Rektorenstimme: »Madigan, tut mir wirklich Leid, aber es gibt Dinge, die man nicht mit seinen Kindern diskutieren kann.«

»Nee, denen kann man ruhig Lügen auftischen und auf ihnen rumtrampeln«, sagte ich, aber diesmal tat Papa, als hätte er mich nicht gehört. Er redete einfach weiter: »Wenn man so lange verheiratet ist wie wir, schleicht sich irgendwann der Schlendrian in die Ehe ein, falls du verstehst, was ich meine. Mama und ich mögen uns nach wie vor, aber wir könnten mal wieder neue Perspektiven gebrauchen.«

»Ejes und mein Stipendium ist da wirklich eine gute Gelegenheit«, fügte Mama hinzu.

»Um mit jemand anderem ins Heu zu hüpfen!«, sagte ich. Mama und Papa zuckten zusammen.

»Diese Ausdrucksweise«, sagte Papa. »Was liest du eigentlich für Bücher?«

»Die, die deine ›Dame‹ mir raussucht, wenn ich in eurer Bibliothek bin«, konterte ich.

In dem Augenblick klingelte das Telefon.

»Von der Klingel gerettet«, sagte Papa.

Was auch immer er damit ausdrücken wollte.

## 2

Oma war am Apparat.

Es ist übrigens Omas Schuld – oder Verdienst, kommt ganz auf den Standpunkt an –, dass ich Elvira heiße. Sie hat den Namen aus einem alten Lied. Als vor fast zwölf Jahren meine Geburt bevorstand, meinten etliche Verwandte Vorschläge zu meinem Namen machen zu müssen. Unsere Familie ist ziemlich groß, kann man sagen. Da sind zum einen meine Omas, beide verwitwet. An Papas Vater kann ich mich noch ein bisschen erinnern, aber Mamas Vater hab ich nie kennen gelernt. Dann sind da noch meine Tanten mütterlicherseits, drei Stück insgesamt, eine Tante und ein Onkel väterlicherseits und dazu deren Frauen und Männer und Kinder, also meine Cousinen und Cousins. Das sind aber immer noch nicht alle. Da wären nämlich auch noch Mamas früherer Mann und seine Frau und Papas beiden Exfrauen mit ihren Männern! Und deren Kinder, meine Halbgeschwister. Kommt ihr noch mit?

Manchmal bin ich selbst schon ganz durcheinander, aber das macht nichts. Was ich erzählen will, betrifft sowieso nur ein paar von den dreiunddreißig Leuten aus der engeren Verwandtschaft. Auf jeden Fall zieht ihr, nachdem ihr das hier gelesen habt, bestimmt eine wichtige Schlussfolgerung: dass meine Mama und mein Papa echte Spezialisten in Sachen Scheidung sind. Vor allen Dingen Papa. Was ja nichts Ungewöhnliches ist, in meiner Klasse haben fast die Hälfte von allen geschiedene Eltern. Ein paar von denen haben wieder geheiratet, die anderen nicht. Unsere Familie unterscheidet sich allerdings in einem wichtigen Punkt von den anderen: dass sich alle gut verstehen. Papa kommt super mit seinen beiden Exfrauen aus und man könnte fast behaupten, dass Mamas Ex Papas bester Freund ist. Das finden die anderen aus meiner Klasse megaseltsam, weil ihre Exmamas und Expapas sich nicht ausstehen können.

Na, denkt ihr jetzt vielleicht, da macht eine Scheidung mehr oder weniger doch auch nichts aus? Wenn sie hinterher gut miteinander auskommen und vielleicht sogar dicke Freunde werden. Und die Dame Ingalill aus der Bibliothek und Eje sind doch schließlich nette Menschen.

Vergesst es! Überlegt mal, was ihr sagen würdet –

gesetzt den Fall, eure Eltern sind noch verheiratet –, wenn sie sich plötzlich scheiden lassen wollten? Ihr wärt garantiert genauso sauer wie ich.

Ich blieb auf meinem Bett liegen und hörte, wie Mama draußen im Flur den Hörer abnahm. Am Anfang gab ich mir keine Mühe zu lauschen, weil ich immer wieder an das denken musste, was sie gesagt hatten: *Schlendrian! Neue Perspektiven!* Was für ätzende, was für idiotische Wörter, aber echt! Typisch beknackte Erwachsenenwörter, hinter denen sie sich versteckten. Eigentlich wollten sie damit doch nur sagen, dass jeder von ihnen sich in jemand anderen verknallt hatte und dass sie jetzt genau das machen wollten, was ich gesagt hatte. Das mit dem Heu. Überhaupt, *ins Heu hüpfen?* Stelle ich mir ziemlich stickelig vor. Na, jedenfalls kann man sagen, dass ich eine Menge neuer Ausdrücke aus Ingalills Büchern lerne.

Wenn man's genau nimmt, war es fast noch ein Glück, dass jeder von ihnen jemanden hatte, mit dem er ins Heu hüpfen konnte. Sonst wäre derjenige, der leer ausging, bestimmt ganz schön deprimiert gewesen.

Als ich in meinen Gedanken ungefähr so weit gekommen war, hörte ich Mama einen Begeisterungsschrei ausstoßen.

»Nein, so was, das ist ja fantastisch. Glückwunsch! Damit hast du doch sicher nicht gerechnet? Madde hat es bestimmt schon wieder vergessen.«

Sie rief mich.

»Madde, komm mal her. Oma muss dir was Tolles erzählen!«

Ich war im Moment wirklich nicht in der Stimmung für was Tolles. Außerdem fiel mir nichts ein, was den unangenehmen Kloß vertreiben könnte, der immer noch meinen Hals verstopfte, nach allem, was Mama und Papa mir eben offenbart hatten. Ich hatte komplett vergessen, was Oma und ich an einem Abend aus lauter Quatsch gemacht hatten. Ich hatte bei ihr übernachtet, weil Mama und Papa auf ein Fest eingeladen waren. (Bei Eje! Mann, so was Bescheuertes! Ob die Dame Ingalill auch auf dem Fest gewesen war? Vielleicht hatten sie ja bei einem Glas Wein gemeinsam nach neuen Perspektiven für den Schlendrian gesucht. Und nach überzeugenden Argumenten, damit ich ihre Idee genauso super fand wie sie.)

Omas Anruf hatte mit diesem Abend zu tun. Als ich den Hörer ans Ohr drückte, sagte sie: »Weißt du was, Elvira? Wir haben gewonnen!«

Oma nennt mich immer Elvira, weil das ihr allerliebster Lieblingsname ist. Darum kam ich bei ihr gar nicht auf den Gedanken, es könnte was Schlimmes passiert sein, als sie Elvira zu mir sagte. Aber ich hatte keinen blassen Schimmer, was sie meinte.

»Gewonnen? Was haben wir denn gewonnen?«

»Die Reise. Nach Gran Canaria. Von *Strandtours*, du weißt schon. Dieser Vers, den wir uns ausgedacht haben. Wir haben gewonnen, meine Süße, ist das nicht großartig? Wir beide fliegen auf die Kanarischen Inseln! Was für eine wunderbare Aussicht nach diesem grauenvollen Sommer!«

So langsam dämmerte es mir. Ich sah Mama an, die neben mir stand und ganz begeistert aussah. Hinterher ging mir natürlich ein Licht auf, warum. Sie nickte eifrig, als ich Oma am anderen Ende der Leitung fragte: »Mit diesem total bescheuerten Vers haben wir gewonnen?«

»Aber klar, mein Schatz! Hab ich doch gleich gesagt. Je bescheuerter, desto größer die Gewinnchance.«

»Und was ist mit der Schule?«

»Das regelt Björn«, sagte Oma. »Hat Lotta jedenfalls eben gesagt.«

Lotta und Björn sind Mama und Papa, wie ihr sicher schon längst kapiert habt.

Ah ja, dachte ich. Wie praktisch für sie, dass sie mich ausgerechnet jetzt loswerden können. Kein Wunder, dass sie so begeistert waren. Obwohl ich mir ein kleines bisschen Freude nicht verkneifen konnte, die ziemlich schnell immer größer wurde. Mitten im Oktober auf die Kanarischen Inseln fliegen, während alle anderen sich mit Mathe und Englisch und Sport und allem möglichen anderen Scheiß abrackern mussten. Ich hab wirklich »Scheiß« gedacht, es aber nicht laut gesagt. Ich hatte schon viel zu viele Wörter losgelassen, die nicht für Erwachsenenohren geeignet waren.

»Wann fahren wir?«

»Am zehnten Oktober. In zwei Wochen. Du hast doch einen Pass, oder?«

Ja, ich hatte einen Pass. Auch wenn ich ihn nur ein einziges Mal benutzt hatte, vor zwei Jahren, als wir zu dritt mit der Fähre nach London gefahren waren. Damals hätten mich Mama und Papa unmöglich in einen Flieger gekriegt, auch wenn viele aus meiner Klasse schon seit Jahren fast jeden Sommer irgendwohin flogen. Auf alle Fälle die mit geschiedenen Eltern. Mir ist nämlich aufgefallen, dass Kinder mit geschiedenen Eltern öfter nach Mallorca fliegen als Kinder mit nicht geschiedenen Eltern.

Jetzt wollten meine Eltern sich eventuell scheiden lassen – und zack!, ab in den Flieger mit mir!

Das und jede Menge anderer Dinge schwirrten mir im Kopf herum, als wir wieder um den Esszimmertisch saßen und Kaffee tranken. Und nach und nach dachte ich immer mehr an die Reise und immer weniger an Mamas und Papas Krise oder wie man das nennen sollte. Außerdem kamen sie mir gar nicht so krisengeschüttelt vor.

»Wie ging der Vers, mit dem ihr gewonnen habt?«, wollte Papa wissen.

»Keine Ahnung, hab ich vergessen«, antwortete ich, was tatsächlich stimmte. »Irgendwas mit ›Toblerone‹ und ›ohne‹. Das Preisausschreiben war von *Strandtour-Reisen* und der Schokoladenfirma. Man sollte sich so eine Art Slogan ausdenken. Ich wusste nicht, was ein Slogan ist, aber Oma schon. Also haben wir uns einen ausgedacht und ihn eingeschickt. Wartet mal!«

Mir war eingefallen, dass der Block mit unseren Entwürfen noch in meiner Schreibtischschublade liegen musste; ich hatte ihn nämlich mit nach Hause genommen, nachdem Oma den Vers auf ihrem Computer abgetippt hatte. Ich lief in mein Zimmer und kramte in meinem Chaos herum, und siehe da, da war der Block. Ich suchte den Vers raus, für den wir uns am Ende entschieden hatten. Er ging so (lacht euch bloß nicht kaputt):

*Toblerone*
*Lieb ich sehr*
*Strand und Meer*
*STRANDTOUR-REISEN*
*Sind nicht ohne*
*Bieten mehr*

»Da muss ich meiner Schwiegermutter ausnahmsweise mal Recht geben«, sagte Papa. »Intelligent ist das nicht gerade.«

»Ich finde es gar nicht so schlecht«, warf Mama ein.

»Es durften nicht mehr als fünfzehn Wörter sein«, fiel mir plötzlich wieder ein. »Das war gar nicht so einfach, ey.«

»Das ›Ey‹ musst du dir aber noch abgewöhnen«, sagte Mama. »Sonst kriegt Oma einen Rappel.«

»Wie auch immer, jedenfalls habt ihr eine Gratisreise mitten im widerlichsten Herbstwetter gewonnen. Das ist doch herrlich, oder?«

»Wie auf Bestellung, ey«, sagte ich. Etwas Gift hatte ich nämlich immer noch zu versprühen. Und ich wusste genau, was seine Worte bedeuteten: Genau der richtige Zeitpunkt, um mich loszuwerden, EY!

Nachdem ich mich wieder in mein Zimmer verzogen hatte, hörte ich, wie sie sich über mich unterhielten. Ich sperrte die Ohren auf, wenn das überhaupt geht, aber außer ein paar vereinzelten Worten konnte ich nichts verstehen. Ein Wort kannte ich gut: *altklug*. Das sagten sie manchmal über mich. Und dass es wohl daran liegt, dass ich keine Geschwister habe und so viel mit Erwachsenen zusammen bin.

Als ich abends im Bett lag, war ich vor allen Dingen traurig. Die Reise nach Gran Canaria würde gerade mal vierzehn Tage dauern. Aber Mama und Papa – was war, wenn sie für den Rest ihres Lebens getrennt leben wollten? Bei wem sollte ich dann wohnen? Würde ich es mir aussuchen dürfen?

Was mir gar nicht viel nützen würde, ich könnte mich sowieso nicht entscheiden. Dann wohne ich eben bei Oma, dachte ich. Die ist sowieso die Netteste. Meckert nie, ist immer gut drauf und sieht überhaupt nicht so alt aus, wie sie ist. Dreiundsechzig.

Mit diesem tröstlichen Gedanken und dem Bild von Oma und mir an einem langen Sandstrand vor meinem inneren Auge schlief ich ein.

## 3

Der nächste Tag war ein Freitag, logo, denn all das Traurige und Tolle war ja an einem Donnerstag über mich hereingebrochen.

Die Freitage sind normalerweise einigermaßen erträglich in der Schule. Mittags gibt es irgendwas Fleischiges zu essen, oft mit Pasta, und wir machen eher Schluss als sonst. In der letzten Stunde haben wir immer Lena, unsere Klassenlehrerin. Sie überprüft dann die Abwesenheitsliste und verkündet, wer im Lauf der letzten Woche seine Schwimmprüfung abgelegt hat und solche Sachen. Die restliche Zeit steht für »Unterhaltung« oder »Diskussion« zur Verfügung. Unterhaltung kann sein, dass jemand Witze erzählt, obwohl das inzwischen kaum noch vorkommt, weil die Jungs nur schweinische Witze erzählt haben, bis Lena irgendwann geplatzt ist und das Witzeerzählen verboten hat. Ein paar Mal hat eine Gruppe eine Szene aus dem Buch eingeübt, aus dem Lena uns jeden Tag eine Viertelstunde vorliest. *Tom Sawyer*. Das Buch ist uralt, aber die Geschichte ist trotzdem okay.

Diesen Freitag war jedenfalls Diskussion vorgesehen. Meine Freundin Nathalie und ich unterhielten uns darüber, als wir am Morgen durch das Mistwetter zur Schule rannten. Wie immer waren wir auf den letzten Drücker dran, weil Natta nie fertig ist, wenn ich morgens an ihrer Tür klingle. Meistens hat sie ein Brot in der einen Hand und in der anderen ihre Schulbücher. Während sie die Bücher in den Rucksack stopft und von ihrem Brot abbeißt, versucht sie gleichzeitig ihre Steppjacke überzuziehen und sich die langen schwarzen Haare zu kämmen, und bei all dem quasselt sie auch noch wie ein Wasserfall. Ich kapier nicht, wie sie das aushält. Bestimmt liegt es daran, dass sie morgens immer so müde ist und nie gleich aufsteht, wenn ihre Mutter sie weckt. Trotzdem ist sie eine von den Besten aus der Klasse und auch eine von den Hübschesten.

Ich bin da total anders. Ich steh um halb sieben mit Papa zusammen auf, damit ich am Frühstückstisch in aller Ruhe die Comicstrips in der Zeitung lesen, noch mal meine Hausaufgaben überfliegen und meine Zöpfe ordentlich flechten kann. (Mein Haar ist, na, ratet mal, genau, beige. Aschblond, sagt Mama. Roggenblond, sagt Oma.) Danach spaziere ich dann ganz gemütlich zu Nattas Haus. Und ich bin alles andere als die Beste aus der Klasse und besonders hübsch bin ich auch nicht. Obwohl sich da mit Eyeliner, Lippenstift und Mamas Föhn einiges machen lässt.

Ausgerechnet an diesem Freitag stand also Diskussion an und die Abstimmung, von der Nathalie in den Pausen zwischen Kauen und Luftholen redete.

»Ich stimme auf alle Fälle mit Ja«, keuchte sie, als wir um die Ecke vom Park bogen, der zwischen Nattas Haus und der Schule liegt. »Und ich lasse mich auch aufstellen, wenn ich vorgeschlagen werde. Du hast doch wohl nicht vor mit Nein zu stimmen, wie du neulich gesagt hast?«

Ich hatte die Abstimmung komplett vergessen, weil ich den Kopf gestern Abend wirklich mit anderen Dingen voll gehabt hatte. Ich hatte Natta noch gar nichts davon erzählt und wusste auch nicht genau, ob ich ihr beides erzählen wollte, das heißt, auch das von der Trennung. Von der Reise würde ich natürlich erzählen. Natta schon heute, und den anderen, sobald Papa mit unserer Rektorin gesprochen hatte.

Noch mal kurz zusammengefasst, wovon Natta redete: Es ging darum, ob unsere Klasse an der *Pepper-Girls*-Wahl teilnehmen wollte, die *Vivo* mit ein paar anderen Läden am 13. Dezember, dem Lucia-Tag, im Einkaufszentrum veranstaltete. Alle Mädchen der Klassen 4 bis 6 waren eingeladen *Pepper-Girls*-Gruppen zu bilden, die Playback zu alten *Spice-Girls*-Songs auftreten sollten. Sieger würde sein, wer sie am besten nachmachte, und vielleicht würden die Veranstalter sie hinterher sogar groß rausbringen und »der Öffentlichkeit eine neue Mädchengruppe präsentieren, jung und frisch«. So jedenfalls stand es auf den Zetteln, die in den Briefkästen aller Häuser steckten, in denen Mädchen zwischen zehn und zwölf wohnten – keine Ahnung, woher *Vivo* und die anderen Supermärkte das wussten. Auf den Zetteln stand auch, dass man sie gern an Klassenlehrer weitergeben könnte, damit sie einen bei der Auswahl der Kandidatinnen unterstützten. Letzten Freitag hatten Micke und Jonna Lena einen Zettel in die Hand gedrückt – genau solche Dinge sollten nämlich in der Diskussionsstunde besprochen werden. Lena hatte die Brauen gehoben, man sah ihr an, dass ihr die Idee überhaupt nicht gefiel. Aber da sie nun mal sehr für Demokratie ist, hat sie den Zettel laut vorgelesen und gesagt, in der nächsten Woche würde abgestimmt, ob die Klasse bei der Wahl mitmachen will oder nicht. Ganz DEMOKRATISCH. (Manchmal hört man richtig die Großbuchstaben raus, wenn Lena etwas sagt, das sie wichtig findet.)

Das alles hatte ich, wie gesagt, vergessen, obwohl wir am letzten Wochenende zu Hause endlos darüber geredet hatten.

»So ein Scheiß«, sagte Papa; seine eigene Wortwahl ist nämlich manchmal auch nicht so gepflegt, wie er es von mir erwartet. »Werbekampagnen in der Schule sollten verboten werden.«

»So was kann man doch nicht einfach verbieten«, sagte Mama. »Aber du würdest das wahrscheinlich tun?«

»Glücklicherweise betrifft uns dieser elende Quatsch nicht.« (Papa ist Rektor am Gymnasium.)

»Und was hast du vor, Madigan?«, wollte Mama wissen. »Mit Ja zu stimmen?«

»Ich weiß nicht«, antwortete ich wahrheitsgemäß. »Natta ist jedenfalls total dafür. Sie hat den ganzen Weg nach Hause auf mich eingeredet, dass ich mit Ja stimmen soll.«

»Ich finde es gut, dass du nicht alles machst, was deine Freundin sagt«, meinte Papa. »Man muss selbstständig bleiben. Das ist ein Eckpfeiler der Demokratie.«

Mein Vater faselt auch dauernd von Demokratie. Scheint eine typische Lehrerkrankheit zu sein. Mama, die einen »freien Beruf« hat, wie man von Leuten sagt, die zu Hause sitzen und schreiben, macht sich nicht viel aus Lehrergerede. Meine Eltern sind übrigens in vieler Hinsicht ziemlich unterschiedlich. Deswegen brauchen sie wahrscheinlich auch *neue Perspektiven*.

All diese Gedanken schwirrten wie summende Insekten in meinem Schädel herum, während Natta auf mich einredete. Wobei es natürlich viel schneller ablief, das alles zu denken, als es aufzuschreiben oder zu lesen. Bestimmt in drei Sekunden. Es wäre schon klasse, wenn man manche Sachen genauso schnell erledigen könnte, wie man sie denkt! Matheaufgaben zum Beispiel.

»Ich stimme wohl auch mit Ja«, hörte ich mich sagen und staunte nicht schlecht über mich selbst. Eigentlich hatte ich die ganze Woche vorgehabt mit Nein zu stimmen. Aber kaum hatte ich es ausgesprochen, kam ich auch schon drauf, warum: Weil Papa nichts von dem Wettbewerb hielt und wollte, dass ich wie er dachte. Aber den Gefallen tat ich ihm nicht. Als kleine Strafe für das mit Bibliotheks-Ingalill. Wie ich Mama bestrafen konnte, würde ich mir später überlegen.

»Spitze!«, rief Natta, genau in dem Augenblick, als wir am Schulhof ankamen. Wir waren zwei Sekunden vor Lena im Flur. Tatsache ist, dass wir nie zu spät kommen, obwohl es manchmal ziemlich knapp davor ist. Nathalie gehört zu denen, die es immer irgendwie schaffen, und vielleicht färbt das ja auch ein bisschen auf mich ab.

Ja gewann. Außer Ludde Åkerblad und Magnus hatten alle mit Ja gestimmt. Vor der letzten Stunde hatten wir über nichts anderes als die Abstimmung gesprochen, ich hatte also keine Chance gehabt, Nathalie von dem Tollen zu erzählen – geschweige denn von dem Betrüblichen. Obwohl sie das Betrübliche wohl gar nicht so außergewöhnlich gefunden hätte, weil sie selbst geschiedene Eltern hat. Sie lebt bei ihrer Mutter und ihr kleiner Bruder beim Vater in Falun. Sie sieht die beiden nur sehr selten, aber sie beschwert sich nie.

Auf dem Nachhauseweg durch den Park habe ich es ihr dann doch erzählt und war wieder genauso erstaunt über mich selbst, weil ich doch eigentlich nur von der Reise erzählen wollte.

»Mama und Papa wollen sich scheiden lassen.«

»Wirklich? Wann?«

»Bald. Am 16. Oktober, wenn Mama ihr Stipendium antritt und ins Ausland fährt.«

»Bei wem willst du wohnen?«

»Bei keinem von beiden. Ich gehe zu Oma«, antwortete ich. Natürlich war das, was ich sagte, nicht ganz die Wahrheit, aber ich mochte einfach nicht über *Schlendrian* und *Perspektive* und Eje und die Dame Ingalill reden. Nathalie merkte, dass ich nicht gut drauf war. Sie hakte sich bei mir ein, wie Erwachsene es manchmal tun, und sagte: »Sei nicht traurig. Am Anfang fand ich es auch ziemlich ätzend, aber inzwischen finde ich es richtig gut. Zum Beispiel, dass ich jeden Sommer zweimal in Urlaub fahre, einmal mit Mama und einmal mit Papa. Und es hat auch noch andere Vorteile. Morgens zum Beispiel. Keine Klopperei ums Badezimmer. Allein das!«

Ich nickte, sagte aber nichts. Das mit dem Badezimmer traf auf mich zwar nicht so zu, aber sonst hatte Natta ja Recht. Letzten Sommer war sie erst mit ihrem Vater und ihrem Bruder in Schottland gewesen und hinterher mit ihrer Mutter und ihrem Bruder auf Mallorca.

»Ist Fliegen eigentlich schrecklich?«, fragte ich stattdessen.

## 4

Die folgenden zwei Wochen waren irgendwie unwirklich. Manchmal hatte ich das Gefühl, wie in einem Traum herumzulaufen – mir war zum Beispiel ziemlich egal, wer zum *Pepper-Girl* gewählt wurde. Aber natürlich hab ich trotzdem mit abgestimmt und natürlich fand ich es absolut okay, dass Nathalie an erster Stelle gewählt wurde. Die Schultage schleppten sich dahin, aber ich versuchte zuzuhören und zu büffeln, was das Zeug hielt, besonders in Mathe, weil ich ja zwei Wochen fehlen würde.

Eigentlich ist es erstaunlich, dass ich fahren durfte, aber das lag bestimmt daran, dass Papa Rektor ist und alle anderen Lehrer und Rektoren in unserem Ort kennt. Und vielleicht hatte es auch damit zu tun, dass ich mit Oma wegfuhr. Sie war früher Mittelstufenlehrerin. Bis vor drei Jahren, da hat sie sich pensionieren lassen, weil sie gern was Lustigeres machen wollte als in der Schule zu arbeiten und damit nicht mehr bis zu ihrem 65. Lebensjahr warten wollte. Sie ist fast das halbe Jahr auf Reisen, und wenn sie zu Hause ist, schreibt sie Leserbriefe an Zeitungen, spricht im Radio in *Das offene Wort* und passt auf ihre Enkel auf, lauter Sachen, die ihr Spaß machen. Jetzt durfte sie wieder zwei Wochen Lehrerin sein, weil wir die wichtigsten Bücher mitnehmen und jeden Tag ein paar Stunden büffeln wollten. Halb so wild, dachte ich. Ein Teil ließ sich bestimmt am Strand erledigen. Oder besser gesagt an der Playa.

Nathalie war sicher, dass ich auf Gran Canaria jede Menge hübsche spanische Jungs kennen lernen würde, aber das glaubte ich nicht.

»Selbst wenn es einen hübschen Typen geben sollte, kann ich ja gar nicht mit ihm reden«, sagte ich. »Die sprechen doch alle Spanisch.«

»Ach, die können bestimmt Englisch«, sagte Natta. »Auf Mallorca können sie das jedenfalls. Du weißt schon, dieser Manuel, mit dem ich letzten Sommer zusammen war ...«

»Ja, ja, ich weiß«, unterbrach ich sie, weil ich die Geschichte nicht noch mal hören wollte. »Aber das war da und da warst du, nicht ich. Außerdem kann ich nicht so gut Englisch wie du.«

Also, ich mag Natta, echt, sie ist meine beste Freundin und in jeder Hinsicht klasse, aber manchmal nervt sie, besonders wenn sie einem unter die Nase reibt, was sie auf ihren tausend Pauschalreisen, die sie machen darf, alles erlebt hat. Obwohl ich nicht ganz sicher bin, ob wirklich alles stimmt, was sie erzählt, zum Beispiel, dass dieser Manuel sie »fast« geküsst hätte und gesagt hat, dass er sie liebt – auf Spanisch natürlich, die Worte hat sie auswendig gelernt. Und kritzelt sie seitdem auf alle Blöcke: *Yo te quiero*. Aber einen Brief hat sie noch nicht bekommen und inzwischen sind Monate vergangen, seit sie sich »unter Tränen« voneinander verabschiedet haben, wie sie sagt. Sie kann ja wohl schlecht behaupten, dass sie einen Brief bekommen hat, wenn sie nichts zum Vorzeigen hat. Nein, er hat sie bestimmt vergessen. Ich hab übrigens nie nachgehakt, wie man das macht, wenn man jemanden *fast* küsst.

Ich hab noch nie jemanden geküsst, außer aus Spaß, wenn wir Flaschendrehen gespielt haben. Aber es gibt einen Jungen in unserer Klasse, mit dem ich gern gehen würde, wenn ich mich trauen würde ihn zu fragen. Er heißt Ludwig Åkerblad, aber alle nennen ihn Ludde. Er sieht mich auch ziemlich oft an.

Aber sogar das war mir in den zwei Wochen, die auf diesen Donnerstagabend folgten, ziemlich egal. Außer der Reise hatte ich eigentlich nur noch zwei andere Sachen im Kopf: Ich musste im Auge behalten, wie Mama und Papa sich verhielten und ob sie abends mit Eje und der Bibliotheksdame ausgingen, und so viele Matheaufgaben rechnen wie möglich, damit ich die anderen bis zum neunten Oktober einholte oder, noch besser, überholte. Bei Mama und Papa konnte ich nichts Verdächtiges feststellen. Sie waren fast jeden Abend zu Hause, und wenn sie ausgingen, dann zusammen. Auch ansonsten benahmen sie sich normal und küssten sich sogar ab und zu, wie sie es immer schon getan hatten. Ich weiß nicht, ob sie das machten, weil ihnen danach war oder um mich zu beruhigen, und ich fragte auch nicht nach.

Wir sprachen nicht mehr über das Sich-Trennen und erwähnten weder Eje noch diese Ingalill. Doch, Eje manchmal schon, er hatte nämlich auch ein Stipendium für diesen Ort bei Paris, den ich weder aussprechen noch buchstabieren konnte. Jedes Mal, wenn Ejes Name fiel, schielte ich unauffällig zu Papa, aber er sah aus wie immer. Am Ende glaubte ich fast, dass sie das mit der *neuen Perspektive* nie gesagt hatten.

Mit Mathe lief es nicht so gut. Ich nahm die Bücher zwar jeden Tag aus der Schule mit nach Hause, aber ich konnte mich nicht konzentrieren und kriegte nicht viel auf die Reihe. Wir hatten mit langen Dezimalzahlen angefangen und ich machte ständig Fehler beim Multiplizieren, setzte das Komma an die falsche Stelle und am Ende war alles verkehrt. Ich setzte voll und ganz auf Oma, dass es ihr gelingen würde, an einer sonnigen Playa die Technik irgendwie in meinen Kopf zu zaubern.

Und dann war er endlich da, Freitag, der 9. Oktober, der Tag vor unserer Abreise. Mama und ich waren beide beim Packen – Mama fuhr genau in der Zeit, wenn ich weg war, und würde den ganzen Herbst und Winter und das ganze Frühjahr in Frankreich bleiben und frühestens kurz vor den Sommerferien wieder nach Hause kommen. Und an diesem letzten Abend, nachdem ich meine Reisetasche zugemacht hatte, wollte ich unbedingt noch mal über das sprechen, worüber wir die ganze Zeit nicht gesprochen hatten. Ich fragte also: »Wenn das Stipendium zu Ende ist, kommst du dann wieder hierher nach Hause?«

»Natürlich komme ich wieder. Und selbst wenn es der Fall sein sollte, dass wir . . . dass, ja, dass wir auch weiterhin getrennt leben wollen, kümmern wir uns darum, wenn ich wieder zurück bin. Das hier ist so eine Art Probezeit, genau wie wir gesagt haben.«

»Madigan, Schatz«, fügte Papa hinzu, »mach dir keine Sorgen. Vielleicht können wir beide ja um Weihnachten herum eine Woche nach Paris fliegen. Und dann besuchen wir auch Mama und Eje. Grez-sur-Loing ist gar nicht so weit von Paris entfernt.« (Inzwischen weiß ich, wie man den Ort buchstabiert.)

»Du leckst sicher Blut, jetzt, wo du so weit weg fliegst«, sagte Mama.

»*Blut lecken*«, sagte ich. »Das klingt ja eklig. Warum sagt man *Blut lecken*?«

»Du weißt doch, was das bedeutet, oder?«, fragte Papa mit Lehrerstimme.

»Nein, nicht genau. Irgendwie so was in der Art, dass ich danach nur noch fliegen und reisen will, ungefähr wie Oma.«

»So was in der Art, ja. Aber warum man ausgerechnet *Blut lecken* sagt, weiß ich auch nicht. Das kann ich aber rauskriegen.«

»Da bin ich sicher«, sagte ich. »Ist aber nicht nötig. Mach dir keine Umstände.«

So redeten wir weiter, ganz normal also, obwohl dieser Freitagabend vielleicht der allerletzte in unserem normalen Leben war.

Ein bisschen traurig war ich schon, als ich mich an diesem Abend schlafen legte. Oma war gekommen, um bei uns zu übernachten, weil wir am nächsten Morgen schrecklich früh aufstehen mussten, um fünf Uhr. Papa wollte uns zum Flughafen fahren.

Ich lag noch lange wach und dachte nach, bevor ich einschlafen konnte. Dann träumte ich, ich wäre ein *Pepper-Girl*, das groß rausgekommen war, und sang *I want you to want me* vor lauter süßen Spaniern an einem unendlich langen Sandstrand. Das war kein Wunschtraum, falls ihr das glauben solltet. Die *Pepper-Girls* und spanische Jungs waren mir schnurzegal. Bestimmt träumte ich nur darum so verrückte Sachen, weil Nathalie von nichts anderem redete.

Um halb vier am nächsten Morgen war ich wieder wach.

# ZWEITER TEIL

## Traum von Elin

### 1

Es war noch dunkel, als Oma und ich frühstückten. Wir waren ganz leise, damit Mama und Papa nicht zu früh aufwachten. Hungrig ist man um halb fünf nicht gerade, aber wir tranken ein bisschen Tee und sahen in den Regen hinaus und auf die Lichter, die sich in der nassen Straße spiegelten. Um jede Laterne strahlte ein Heiligenschein aus winzigen Regentropfen. Das sah wunderschön und märchenhaft aus.

Später kamen Mama und Papa zu uns in die Küche, aber Mama war noch so verschlafen, dass sie wahrscheinlich gar nicht wusste, was für ein besonderer Morgen das war. Sie schreibt oft nachts und dann ist sie vor zehn Uhr morgens nicht zurechnungsfähig. Sie hielt auf alle Fälle ein schwarzes Notizbuch in der Hand, eins von denen, die sie selbst immer und überall mit sich rumschleppt, um alle wichtigen Dinge aufzuschreiben, die ihr durch den Kopf gehen. Wahrscheinlich hätte sie gern, dass ich auch Schriftstellerin werde, sie drückte mir nämlich das Buch in die Hand und sagte: »Schreib alles auf, was du siehst und denkst! Sonst vergisst du viele wichtige Dinge!« Danach gab sie jedem eine Kuss, gähnte und wankte zurück ins Bett.

Ich dachte natürlich daran, dass dies womöglich der letzte normale Familientag in unserem Leben war. Wenn ich Mama das nächste Mal sah, wäre vielleicht alles ganz anders und schrecklich, und ich bekam einen Kloß im Hals, wie immer, wenn ich an den Erbsensuppenabend dachte. Einen kurzen Augenblick lang dachte ich sogar, dass ich vielleicht gar nicht nach Gran Canaria fliegen wollte. Oma und Papa schienen zu merken, was in mir vorging, weil Oma mir sanft die Hand tätschelte und Papa mir zwei Geldscheine zusteckte, obwohl ich schon Geld bekommen hatte, damit ich mir im Urlaub was Schönes kaufen konnte.

Klar hab ich mich auch ein bisschen über das Extrageld gefreut, aber enttäuscht war ich schon. Von Papa. Omas Händetätscheln war in dem Moment einfach besser als das Geld.

Papa schien schnell begriffen zu haben, dass kein Geld der Welt Klöße im Hals beseitigen kann, weil er wollte, dass ich auf der Fahrt zum Flughafen neben ihm saß.

»Ich will dich ganz nah bei mir haben«, sagte er. »Wo du doch so weit weg fliegst. Schwiegermama muss mit der Rückbank vorlieb nehmen.«

»Aber sie reist doch genauso weit wie ich«, sagte ich. Obwohl ich schon verstand, was Papa damit sagen wollte. Ab und zu nahm er die rechte Hand vom

Lenkrad und strich mir über die Wange. Da wurde ich gleich wieder ein bisschen wehmütig, aber das hatte nichts mit dem Kloß zu tun, das war eher ein warmes Gefühl in der Brust. Und ich dachte daran, was Oma immer sagt, wenn was Mieses passiert: »Das Wichtigste ist, dass man einander hat.« Dabei dachte sie wahrscheinlich an Opa, den sie nicht mehr hat. Aber ich weiß, dass sie ihn fast jeden Tag vermisst, obwohl schon ziemlich viele Jahre vergangen sind und obwohl sie immer so viel um die Ohren hat. »Es gibt Lücken, die lassen sich nicht füllen«, sagt sie jedes Mal, wenn ich mir Opas Fotos angucke, die auf einem kleinen Tischchen in ihrem Wohnzimmer stehen. Auf dem Tisch steht auch immer eine frische Blume.

Das alles ging mir durch den Kopf, als Papa mir über die Wange strich, und ich dachte daran, dass es doch das Wichtigste war, dass ich beide hatte, Mama und Papa. Das haben nicht alle.

Es war ziemlich leer auf den Straßen, der nasse Asphalt zischte unter den Reifen. Papa parkte direkt vor den riesigen automatischen Glastüren, aber dort durfte man nicht länger halten, darum half er uns nur schnell mit unserem Gepäck bis zu der langen Schlange vor dem »Check-in-Schalter«, wie Oma das nannte. Er umarmte uns beide und hastete zurück zum Auto. In dem Moment fand ich das ganz in Ordnung. Allmählich konnte ich mir sogar vorstellen, dass unser Urlaub vielleicht trotz allem ziemlich spannend würde.

Ich lernte jede Menge neue Wörter im Flughafen. Nachdem wir die große Eingangshalle verlassen hatten, mussten wir durch eine *Ticket-Kontrolle*. Dann mussten wir unser Handgepäck auf ein Fließband legen, wo mit einem *Röntgenapparat* überprüft wurde, ob man auch keine Bomben oder Pistolen dabeihatte. Danach musste man durch so eine Art Türrahmen ohne Tür gehen. Bei mir war alles paletti, aber als Oma durchging, fing es laut an zu piepsen. Wegen ihrer Halskette, also musste sie sie abmachen. Danach haben sie Oma auch durchgelassen. Glück für mich!

Nachdem wir all das hinter uns hatten, kamen wir in eine andere Halle mit lauter Bars und Kiosken und Boutiquen. Dort war auch unser *gate*, also die Stelle, wo man auf sein Flugzeug wartet. Jedes Flugzeug hatte eine eigene Nummer, und die stand auf einem Bildschirm über dem Tresen vom *gate*. Unser Flugzeug hieß *DJ 823*. Darunter stand *Las Palmas*, dahin gehen nämlich alle Flüge nach Gran Canaria. Las Palmas ist die größte Stadt auf der Insel. Dann stand noch *8.20* auf dem Bildschirm, das war die Zeit, zu der unser *flight* gehen sollte.

Alles hier im Flughafen war auf Englisch. *Gate* und *flight* und das *special offer*, das man in der Cafeteria kaufen konnte: *morning coffee with croissant*. Oma und ich bestellten beide so ein *special offer*, weil wir inzwischen Hunger bekommen hatten.

Ansonsten war der Flughafen fast wie ein Einkaufszentrum, wo die Leute mit Taschen, Koffern auf Rollen und Plastiktüten voller klirrender Flaschen herumhetzten. Ab und zu erklang aus den Lautsprechern eine Männerstimme, die einen ermahnte, dass man sein Gepäck nicht unbeaufsichtigt stehen lassen sollte. Er sagte das natürlich auch auf Englisch, ich hab es auswendig gelernt: *unattended at any time*.

Oma kaufte noch ein paar Flaschen und Parfüm im *Duty-free-Shop*, bevor wir uns vor unser *gate* setzten. Ich konnte niemanden in meinem Alter entdecken, was nicht weiter verwunderlich war, die waren schließlich alle in der Schule. Der Gedanke, dass Natta und Emilia und all die anderen gleich Mathe hatten, während wir hier saßen und uns Leute anguckten, von denen die meisten ungefähr in Omas Alter waren, hatte was.

Ich hatte ziemliches Bauchkribbeln, besonders wenn ich mir die riesengroße Maschine vor dem Fenster ansah. Allein der Gedanke, dass sie geradewegs in die Luft steigen und dann stundenlang dort oben bleiben würde. Was, wenn wir abstürzten? Ich fragte Oma, ob sie wüsste, wie es funktioniert, dass Flugzeuge fliegen können, aber sie wusste es auch nicht so genau.

»Weil das Flugzeug so schnell startet«, sagte sie. »Und dann ist irgendwas mit der Luft, die drückt es sozusagen nach oben. Glaube ich.«

Eigentlich war es auch egal, ob wir wussten, wie es funktionierte, oder nicht. Hauptsache, wir kamen heil hoch und heil wieder runter. Und genau dieser Gedanke war kribbelig.

Kurz vor acht trat eine schicke Frau hinter den Tresen, die gleiche, die auch schon unser Gepäck *eingecheckt* hatte. Sie gab über Lautsprecher bekannt, dass diejenigen, die in den Reihen eins bis acht und achtzehn aufwärts saßen, zuerst einsteigen durften.

Jetzt ging's los!

Am Anfang war mir schon ein bisschen mulmig. Den anderen auch, das konnte ich sehen, auch wenn die meisten so taten, als säßen sie im Stadtbus, aber mir machte keiner was vor. Bestimmt fanden es alle ziemlich unheimlich, als das Flugzeug über die Startbahn raste und um uns herum alles schepperte, als würde die Maschine jeden Moment auseinander fallen. Und dann – oh, das war fast schon wieder toll, als der Boden unter dem Flugzeug sich irgendwie schräg legte und wir direkt in die grauen Wolken reinflogen! Danach wurde es wieder ruhiger, es ruckelte höchstens mal harmlos, als ob – ja, als ob man Bus fährt. Aber schrecklich wenig Platz hatte man. Ich saß am Fenster, neben mir Oma und daneben eine Frau, mit der Oma sich fast die ganze Zeit unterhielt. Neben der Frau war ein Gang, dann eine neue Sitzreihe mit fünf Plätzen, dann wieder ein Gang und noch mal drei Plätze, genau wie auf unserer Seite.

Toiletten gab es ganz vorne und ganz hinten. Kaum waren die Schilder mit den Sicherheitsgurten über den Sitzen erloschen, bildete sich dort auch schon eine Schlange.

Und plötzlich kam die Sonne durch! Oben über den Wolken scheint ja immer die Sonne, das vergisst man nur leicht, wenn man sich unten auf der Erde unter seinem Regenschirm verkriechen muss.

Nach einer Weile bekamen wir was zu essen, aber

vorher fuhren sie noch mit einem Wagen voller Getränke durch die Gänge. Oma bekam was Gelbes mit Kohlensäure serviert, das wie Sekt aussah. Wir saßen nämlich in der *first class* ziemlich weit vorne (das war im Gewinn des Preisausschreibens inbegriffen) und ich konnte so viel Cola trinken, wie ich wollte. Ziemlich bescheuert, wenn man an die Schlange vor den Toiletten dachte. Ich trank vielleicht vier Dosen und pinkelte mindestens acht wieder aus. Erstaunliches Naturphänomen, hätte Papa gesagt.

Ach ja, Mama und Papa, ich hatte kaum Zeit gehabt, an sie zu denken.

Das Fliegen hatte also doch sein Gutes. Die trübsinnigen Gedanken vermischten sich mit anderen Gedanken. Und ehrlich gesagt genoss ich es richtig, so dazusitzen, Chicken Nuggets zu verputzen oder was immer das war, die kleinen Butterpäckchen aufzumachen und auf den blauen Himmel und die weiße Wolkendecke unter uns und dazu die strahlende Sonne zu gucken!

## 2

Aber es war nicht alles toll da oben in der Luft. Irgendwann hatte ich die Nase voll davon, so eingeklemmt dazusitzen und vor der Toilette anzustehen oder den Jungs zuhören zu müssen, die ganz hinten im Flugzeug rumgrölten, bis die Stewardess ihnen den

Marsch blies. Oma meinte, sie hätten wohl zu viel getrunken. Viele Leute flögen nur auf die Kanarischen Inseln oder an andere sonnige Orte, um zu saufen, meinte Oma, was ich nur schwer begreifen kann.

Wir waren ziemlich groggy, als wir aus dem Flugzeug stiegen. In der Ankunftshalle in Las Palmas war ein Höllenbetrieb, überall standen Männer und Frauen in Anzügen und Kostümen in unterschiedlichen Farben und hielten Schilder hoch, auf denen *Startours* oder *Sun Trips* und Ähnliches stand. Wir hielten nach jemandem mit einem *Strandtours*-Schild Ausschau und am Ende entdeckten wir eine Frau in einem gelben Kostüm mit grünem Halstuch. Sie war superbraun und hieß Agnes.

Danach kutschierten wir ziemlich lange in einem Bus durch die Gegend. Agnes saß vorn neben dem Fahrer und sprach in ein Mikrofon, aber ich war so müde, dass ich kaum mitbekam, was sie sagte. Ich machte es wie Oma, lehnte mich zurück und genoss die Aussicht. Natürlich schien die Sonne, auf der einen Seite waren Berge, auf der anderen das Meer. Der Boden war völlig trocken, daran konnte man erkennen, dass es auf Gran Canaria wohl nicht oft regnete. Wir fuhren durch Ortschaften mit unendlich vielen weißen Hotels, aber danach kamen immer wieder Abschnitte, wo es nur die Straße, Berge und das Meer gab. Je weiter wir fuhren, desto öfter hielt der Bus in den Ortschaften mit den vielen Hotels. Einige Leute stiegen mit Agnes aus, die aber immer wieder zurückkehrte.

Am Ende der Fahrt kamen wir nach Mogan (wird mit Betonung auf der zweiten Silbe ausgesprochen). Na, wir waren vielleicht froh, dass wir hier gelandet waren! Das war der hübscheste Ort auf der ganzen Welt, lauter flache weiße Häuser, blaues Meer und dahinter die hohen Berge. Unser Hotel, das einzige in ganz Mogan, lag auf der äußersten Spitze einer Landzunge. Agnes erzählte uns, dass ein paar Gäste in Apartments untergebracht waren, die zum Hotel gehörten, aber in den Gassen der Altstadt lagen.

Unser Zimmer war im zweiten Stock, also ganz oben, es gab nämlich nur zwei Stockwerke, und hatte einen wunderschönen Balkon mit Blumenkästen. Direkt davor lag der Hafen mit jeder Menge Boote. Ich ging sofort auf den Balkon raus und Oma kam hinterher.

»Ach, wie herrlich«, sagte sie und das fand ich auch. Der Hafen schloss mit einer hohen Mauer ab und dahinter kam gleich das Meer. Der Atlantik, sagte Oma. Wahnsinn, wir sind am Atlantik, dachte ich.

»Hier lässt es sich aushalten«, sagte Oma. Ich verstand nicht, was sie damit meinte.

»Wieso aushalten?«, fragte ich. »Hast du Angst, dass es langweilig wird?«

»Aber nein, mein Schatz«, sagte Oma lachend. »So hab ich das nicht gemeint. Ich meine genau das Gegenteil.«

Das ist mir schon öfter aufgefallen: Die Großen sagen nie, was sie meinen. Papa zum Beispiel sagt »gar nicht so übel«, wenn er sein Lieblingsessen in sich reinschlingt – Lammkotelett mit Kartoffelgratin –, womit er eigentlich meint, dass es schlicht und einfach saulecker ist.

Ich sah sie im gleichen Augenblick, als wir die *Lobby* betraten – noch ein neues Wort, das, glaube ich, so viel wie *Erdgeschoss in einem Hotel* bedeutet. Sie holte grade ihren Zimmerschlüssel an der Rezeption ab und sagte die Zimmernummer auf Spanisch, obwohl sie absolut schwedisch aussah. Und ziemlich eingebildet sah sie auch aus. Da wusste ich noch nicht, dass das Elin war und dass sie das weltnetteste Mädchen war. Ich sah nur, dass sie supergut aussah und schon ziemlich alt war, mindestens sechzehn, und dass sie einen alten Knacker dabeihatte, der zu alt war, um ihr Vater zu sein, sogar älter als Oma. Sie hatten nicht in unserem Bus gesessen. Wahrscheinlich waren sie früher als wir gekommen.

Bei dem Willkommenstreffen um sechs Uhr im Speisesaal waren sie auch nicht dabei. Ich fragte Oma: »Hast du das eingebildete Mädchen an der Rezeption gesehen, das auf Spanisch nach seinem Zimmerschlüssel gefragt hat, als wir angekommen sind?«

»Eingebildet?«, fragte Oma. »Meinst du das Mädchen mit den langen blonden Haaren?«

Ich nickte.

»Eingebildet fand ich sie aber gar nicht«, sagte Oma. »Sie hat doch sehr süß ausgesehen. Oder vielleicht ist hübsch das treffendere Wort.«

Ich dachte an das blonde Mädchen, während die Kanarienvögel (Omas Name für die Reiseleiter, weil sie alle gelbe Kostüme oder Anzüge trugen) Sekt und Orangensaft servierten und von den Ausflügen erzählten, die man machen konnte. Ich dachte deshalb an sie, weil sie die Einzige unter fünfzig oder wenigstens unter dreißig war, die ich seit unserer Ankunft gesehen hatte, außer einem kleinen Nervbolzen von ungefähr vier Jahren, der Kim hieß.

»Hier sind ja nur alte Leute«, flüsterte ich Oma zu.

»Mmh«, antwortete sie leise. »Da wirst du dich wohl mit der blonden Schönheit bekannt machen müssen.«

»Nie im Leben!«, antwortete ich empört. »Die ist doch super eingebildet!«

»Pssst!«, sagt Oma. »Das weißt du doch gar nicht. Und jetzt sei still, ich will von dem Bergausflug hören.«

Ich hörte den Kanarienvögeln nicht so genau zu, darum würde Oma sich schon kümmern. Stattdessen dachte ich ein bisschen an Mama und Papa und wurde gleich wieder traurig. Bestimmt würde es unendlich langweilig und öde werden mit all den Alten und dem kleinen Schreihals.

Das Leben war momentan ganz schön anstrengend: Von einer Sekunde auf die andere konnte alles grau werden, obwohl die Sonne schien. Das ging jetzt schon eine ganze Weile so. Zwischendurch war es dann auch wieder ganz lustig. Bis zur nächsten betrüblichen Phase. Ein einziges Auf und Ab. Ich wusste genau, woran es lag: an *Perspektive* und

*Schlendrian.* Und kein sonnengebräunter Kanarienvogel und kein blaues Meer der Welt konnten diese zwei dämlichen Worte aus meinem Kopf verscheuchen. Und ganz bestimmt keine eingebildete Schönheit.

Nach dem Willkommenstreffen gingen wir zurück auf unser Zimmer und packten unsere Sachen aus. Ich sagte nichts und Oma sah mich besorgt an. Als ich auf den Balkon ging und mich von allen verlassen fühlte, kam sie zu mir.

»Wie geht's dir, mein Schatz?«, fragte sie und legte ihren Arm um meine Schulter. Da konnte ich mich nicht länger beherrschen und heulte los.

»So, so, ist ja gut«, sagt Oma. »Ich bin sicher, dass wir eine schöne Zeit hier haben werden. Vielleicht kommen ja noch ein paar andere Kinder in deinem Alter, schließlich sind nicht alle Gäste heute und mit unserer Gruppe angereist.«

»Das ist es nicht«, antwortete ich und schluchzte weiter.

»Nein, das hab ich mir schon gedacht«, sagte Oma. Wir setzten uns auf die weißen Plastikstühle, die auf dem Balkon standen. Das ist das Tolle bei Oma, sie weiß genau, wann sie den Mund halten muss, und kommt nicht immer mit solchen Sprüchen wie »Das geht bestimmt bald vorbei, du wirst schon sehen« oder so.

Nach einer Weile ging sie wieder ins Zimmer, um sich für das Abendessen um acht Uhr umzuziehen. Frühstück und Abendessen bekamen wir im Hotel.

Das gehörte auch zum Preis, den wir gewonnen hatten, und hieß *Halbpension*.

»Vielleicht essen Elin und ihr Großvater ja auch hier zu Abend«, sagte sie, als sie wieder nach draußen auf den Balkon kam.

»Elin?«, fragte ich.

»Das blonde Mädchen heißt, glaube ich, Elin. Das hab ich den Herrn sagen hören, der mit ihr hier ist.«

»Blöder Name«, sagte ich, obwohl ich ihn eigentlich schön fand.

»Heutzutage nicht mehr«, widersprach Oma. »Aber als ich jung war, war das ein unmöglicher Name. Da hießen nur alte Schachteln Elin. Es gibt ein altes Ziehharmonikastück, das *Traum von Elin* heißt. Das blonde Mädchen hat also auch einen Namen aus einem alten Lied, genau wie du. Da habt ihr doch was gemeinsam.«

»Das ist aber wahrscheinlich auch das Einzige«, sagte ich, weil ich mich immer noch von allen verlassen fühlte. Aber plötzlich tat Oma mir Leid, weil sie so lieb zu mir war und sich so schön gemacht hatte mit ihrem hellgrünen Kleid und den Glitzerohrringen, und ich schämte mich. Sie kann schließlich nichts für das, was Mama und Papa aushecken.

Ich zog mir also meine schicken Jeans und ein frisches T-Shirt an. Danach gingen wir in den Speisesaal runter. Oma summte ein Lied vor sich hin, das ich nicht kannte. Wahrscheinlich *Traum von Elin*.

# 3

Elin, wenn Oma Recht hatte und sie wirklich so hieß, und der Alte, der, mit dem zusammen sie hier war, saßen schon an einem Fenstertisch, als wir den Speisesaal betraten. Der Alte schaute hoch, als wir kamen, und nickte Oma ganz leicht zu. Sie machte es ihm nach.

Ich flüsterte: »Warum tut ihr das?«

»Weil wir gut erzogen sind, darum. Wir haben uns vorher schon mal gesehen und da nickt man sich halt zu, um zu zeigen, dass man sich wiedererkennt.«

»Das Mädchen hat aber nicht genickt.«

»Bei Kindern ist das was anderes«, antwortete Oma. In dem Augenblick kam ein Junge mit weißem Hemd und schwarzer Hose und einer Serviette über dem Arm an unseren Tisch und fragte, was wir trinken wollten. Oma gab mit ihren Spanischkenntnissen an und sagte irgendwas mit *blanco* und *mineral*, worauf ich mich sofort einmischte und ganz einfach *Coca-Cola* bestellte, wie zu Hause auch. Coca-Cola heißt nämlich überall auf der Welt gleich.

Ich schielte heimlich zu dem Mädchen rüber. Sie hatte nur Salat und Gemüse auf ihrem Teller, aber in ihrem Glas war auch Cola und kein Wein wie bei ihrem Großvater oder was immer er war. Wenn sie sich nicht gerade eine Gabel mit Salat oder Gemüse in den Mund schob, schaute sie aus dem Fenster.

Man musste sich sein Essen selbst von einem riesig langen Tisch im hinteren Teil des Saals holen und es gab unendlich viele Gerichte, zwischen denen man wählen konnte. Es war ein Büfett – jeder durfte nehmen, was er wollte. Ich entschied mich für Hähnchenschenkel, die in einer roten Sauce eingelegt waren, und dann noch für Pasta und Ananasscheiben. Für den Anfang.

Inzwischen fühlte ich mich wieder besser. Ich hatte einen Bärenhunger. Und ein bisschen neugierig war ich natürlich auch auf sie geworden, Elin meine ich. Sie und ich waren tatsächlich die einzigen Nicht-Erwachsenen im Saal. Aber vielleicht dachte sie ja, dass ich die einzige war ... Sie sah die ganze Zeit aus dem Fenster, was es schwierig machte herauszufinden, ob sie so eingebildet war, wie ich dachte.

Das Essen war jedenfalls in Ordnung und ich ging ein paar Mal an das Büfett, um mir was nachzunehmen. Die zwei am Fenstertisch neben uns machten es genauso und mussten dazu jedes Mal an unserem Tisch vorbei. Das Mädchen sah uns nie direkt an, aber einmal, als ich eher zufällig kurz vom Teller hochguckte, sah ich, wie sie am Büfett stand und mich ansah. Sie drehte schnell den Kopf zur Seite, aber ich merkte trotzdem, dass sie rot wurde, so, wie man rot wird, wenn man von demjenigen, den man anstarrt, ertappt wird.

Sie waren vor uns mit dem Essen fertig, und als sie an unserem Tisch vorbeikamen, blieb der Mann stehen und hielt das Mädchen am Arm fest, damit sie auch stehen blieb.

»*Buen apetito*«, sagte der Mann und Oma antwortete genauso übergeschnappt: »*Gracias, señor.*« Und dann lächelte sie ihr spezielles Lächeln, das alle so charmant finden. Was er offensichtlich auch fand, weil er gleich weiterredete, jetzt auf Schwedisch: »Sie sind am Nachmittag eingetroffen, wie ich gesehen habe. Herzlich willkommen, das hier ist ein wunderbarer Ort. Es würde mich freuen, Ihre Bekanntschaft machen zu dürfen, meine Damen.«

Genauso verrückt redete er daher, während ich unauffällig das Mädchen beobachtete. Es war schwer zu sagen, was sie dachte, genervt sah sie jedenfalls nicht aus. Oma war begeistert. Sie antwortete: »Gerne! Es wäre uns ein großes Vergnügen.«

Jetzt ist Oma übergeschnappt, dachte ich, so redet sie sonst nämlich nie. Mehr wurde nicht gesagt, weil das Mädchen sich einmischte.

»Jetzt komm schon, Opa!«, sagte sie und zog ihn am Ärmel.

Dabei sah sie mich direkt an und ich fand, dass sie zugleich gut gelaunt und ein bisschen verlegen aussah, ungefähr so, als wollte sie sagen: *Mein Opa ist vielleicht ein bisschen gaga, aber sonst ist er einsame Spitze.*

»Wir sehen uns hoffentlich beim Frühstück«, sagte Elins Opa und verbeugte sich vor uns, wie man es höchstens noch aus alten Filmen kennt. Oma nickte leicht und lächelte. Ich fühlte mich ziemlich verwirrt. Aber nicht mehr von allen verlassen.

Als wir nach oben gingen, um uns schlafen zu legen – gleich nach dem Essen, weil wir hundemüde waren –, ging es mir ehrlich gesagt richtig gut. Sie war wahrscheinlich nicht älter als fünfzehn. Und vielleicht doch nicht so furchtbar eingebildet. Ich war ziemlich neugierig geworden, dachte aber nicht mehr lange über Elin und ihren filmreifen Großvater nach, weil ich einschlief, kaum dass ich mich hingelegt hatte. Und ich wachte erst wieder auf, als Oma mich am nächsten Morgen wachrüttelte. Da war es schon halb neun.

»Raus aus den Federn, du Schlafmütze«, sagte sie. »Man kriegt nur bis um halb zehn Frühstück und ich will vorher noch eine Runde im Atlantik schwimmen.«

Sie stand im Badeanzug und mit Badekappe vor mir. Mir war gar nicht nach schwimmen, am liebsten hätte ich noch ein bisschen weitergeschlafen, aber Oma sagte: »Okay, dann geh ich eben alleine. Aber du musst mir versprechen nicht wieder einzuschlafen. Also, raus mit dir und ab unter die Dusche.«

Ich tat, was sie sagte, und während ich duschte, mir die Zähne putzte und meine Shorts und das Sonnentop anzog, dachte ich an Elin und ihren Großvater. Ob sie wohl auch im Speisesaal waren? Und ob sie an demselben Tisch sitzen würden wie gestern?

Sie saßen am selben Tisch! Und Elin schaute hoch, als wir kamen, und sagte Hallo zu mir, als wären wir uralte Freundinnen. Da wurde mir klar, dass sie nicht sehr eingebildet sein konnte.

Und sehr bald fand ich heraus, dass sie in Wirklichkeit supernett war.

# 4

Natürlich hatte uns auch Elins Großvater längst entdeckt und winkte uns zu, dass wir uns an ihren Tisch setzen sollten. Klare Sache, er ist in Oma verknallt, dachte ich. Ich hatte nämlich vor kurzem einen Film über alte Leute gesehen, die sich doch tatsächlich noch verlieben. Oma nickte und lächelte ihr Speziallächeln – vielleicht hatte sie sich ja auch verknallt – und trippelte ohne mich zu fragen auf den Fenstertisch zu. Elins Großvater erhob sich, verbeugte sich genauso filmreif wie am Abend zuvor und redete wieder genauso abgedreht daher.

»Meine Enkeltochter und ich sind außerordentlich erfreut zu dieser frühen Stunde die charmante Gesellschaft der Damen an unserer Tafel genießen zu dürfen!«

»Die Freude ist ganz auf unserer Seite«, antwortete Oma und neigte liebreizend den Kopf, wie nur sie es konnte.

Ich sah Elin an und wusste sofort, dass sie genau das Gleiche dachte wie ich: dass die beiden einen Sonnenstich haben mussten, obwohl es noch nicht mal halb zehn war.

»Darf ich die jungen Damen einander vorstellen«, fuhr der Alte im gleichen verrückten Stil fort, und weil Elin mich unauffällig angrinste, nahm ich ihre Hand, die sie mir entgegenstreckte.

»Meine Enkeltochter Elin«, sagte der alte Spinner, worauf Oma nicht weniger albern erwiderte: »Und meine Enkeltochter Elvira.«

Im nächsten Augenblick dachte ich, mich knutscht ein Elch, denn Elin nahm meine Hand und legte genauso los: »Äußerst angenehm, liebe Landsmännin!«

Aber dann sah ich, dass sie sich innerlich schlapp lachte, so was erkennt man an den Augen. Aber es verunsicherte mich trotzdem, dass sie genauso geschwollen daherreden konnte wie die Alten, und ich dachte, sie müsste wohl doch schon sechzehn sein und hätte bestimmt keine Lust, sich mit mir abzugeben.

Aber da täuschte ich mich. Als ihr Großvater und Oma den Tisch verließen, um ans Büfett zu gehen, legte Elin den Zeigefinger an die Schläfe und drehte ihn hin und her, als wollte sie sagen: Der hat doch einen Sockenschuss.

Dabei hatte er gar keinen Sockenschuss, er war einfach nur komisch und nett und er hieß Ernst. Der Name passte überhaupt nicht zu ihm, weil er fast die ganze Zeit Faxen machte. Ehe Ernst und Oma an den Tisch zurückkamen, sagte Elin: »Du, ich wollte nicht sagen, dass Opa verrückt ist, er hat nur eine etwas seltsame Art zu reden. Ansonsten ist er einsame Spitze. Aber das wirst du schon noch merken.«

Ich nickte und fühlte mich auf einmal unendlich glücklich. »Das wirst du schon noch merken«, hatte sie gesagt. Anscheinend ging sie davon aus, dass wir ab und zu etwas zusammen unternehmen würden. Zu dem Zeitpunkt wusste ich noch nicht, dass wir fast die ganze Zeit zusammen verbringen würden, die ihr Großvater und sie noch hier waren.

»Wie alt bist du?«, fragte ich, um rauszukriegen, ob ich sie auch wirklich richtig verstanden hatte, dass sie eventuell was mit mir zusammen machen wollte.

»Bald fünfzehn. Und du?«

»Ich werde bald zwölf«, sagte ich mit pochendem Herzen, weil ich Angst hatte, sie fände mich vielleicht doch zu jung.

»Älter nicht?«, sagte Elin überrascht. »Ich hab gedacht dreizehn oder vierzehn. Klasse jedenfalls, dass ihr gekommen seid. Hier sind nur Alte und kleine Schreihälse, aber sonst ist es super. Habt ihr euch schon die Altstadt angeguckt?«

»Nein, gestern Abend sind wir gleich nach dem Essen schlafen gegangen. Aber es ist bestimmt toll da, auf alle Fälle sieht es unheimlich gemütlich aus.«

Da saßen wir also und frühstückten zusammen. Und was für ein Frühstück! Bacon und verschiedene Würste und Eier in jeder Form und Gemüse und Aufschnitt und warmes Brot und Obst und Säfte und Buttermilch und Müsli – alles, was man sich nur wünschen konnte, und noch mehr. Ich probierte das meiste, vor allem die Cocktailwürstchen und Tee und Bananen und Kiwi und kleine, niedliche Käseecken. Elin aß nur Obst und Buttermilch und Paprika und solche Sachen, sie war nämlich Vegetarierin! Dabei war sie noch nicht mal fünfzehn. Ich dachte immer, dafür müsste man mindestens fünfundzwanzig sein.

Oma und Ernst aßen und aßen, Ernst vor allen Dingen, und tranken mindestens sechs Tassen Kaffee. Ich weiß gar nicht, wie sie das schafften, so viel wie sie redeten. Elin und ich unterhielten uns auch, aber nicht so viel. Trotzdem erfuhr ich eine ganze Menge über sie.

Elin ist zwar durch und durch schwedisch, lebt aber in Spanien, in Madrid, und geht dort zur Schule. Sie hatte jetzt Herbstferien und war mit ihrem Großvater hierher gefahren statt ihn wie sonst in den Ferien in Schweden zu besuchen. Ich sagte ihr, dass sie nichts verpasst hätte, weil wir bei unserer Abreise in Schweden nur Regen und Ekelwetter gehabt hätten und jederzeit Schnee kriegen könnten.

Ihr Großvater wohnt in Göteborg und hat keine Frau mehr, die ist gestorben, genau wie mein Opa.

Und Elin hat mir auch erklärt, warum Ernst wie ein Filmstar redet. Weil er leidenschaftlich gern Theater spielt. Er wollte Schauspieler werden, als er jung war, aber das hat sein Vater ihm nicht erlaubt. Der hatte nämlich eine Fabrik, die sein Sohn Ernst übernehmen sollte. Das alles erzählte Elin mir, während wir frühstückten.

Als wir fertig waren, sagte Ernst: »Was würden die Damen zu einem kurzen Erkundungsspaziergang in unserem reizenden kleinen Hafenstädtchen sagen?«

»Das ist genau, woran ich selber gerade gedacht habe«, antwortete Oma.

Elin änderte den Stil und sagte: »Super, Grandpa.«

Und um nicht hinterherzuhinken, sagte ich: »Spitze, Grandma.«

Grandpa und Grandma sahen hochzufrieden aus. Vielleicht hatte ja jeder für sich im Stillen befürchtet, dass Elin und ich uns ohne Gleichaltrige, nur mit den beiden Alten im Schlepptau, langweilen könnten. Gefahr gebannt, dachten sie jetzt wahrscheinlich – und genau das dachte ich auch. Später hat Elin mir erzählt, dass sie das auch gedacht hat, als wir das Hotel verließen.

## 5

Wir machten uns also auf den Weg, um uns Mogan anzuschauen. Ernst und Oma gingen vorweg und Elin und ich mit ziemlich großem Abstand hinterher. Ich stellte fest, dass Mogan eigentlich eher ein Dorf als eine Stadt war. Die Häuser waren alle weiß und keins war höher als zwei Etagen und überall wuchsen Blumen, die über Wände und Dächer rankten und in den Balkonkästen leuchteten. Ich fragte Oma, was für Blumen das wären, und sie schrieb die Namen in mein schwarzes Buch, das ich mitgenommen hatte.

Am häufigsten war *Bougainvillea*, die blühten lila und blau und rosa und rot. Eine andere Sorte hieß *Hibiscus*, die waren weiß und rot und gelb und orange. Dann gab es noch *Oleander* und *Geranien*, aber auch ganz normale Fleißige Lieschen, nur dass sie viel größer und irgendwie saftiger als zu Hause in Schweden waren. Am Straßenrand wuchsen Palmen, Kaktusse und Tulpenbäume mit richtigen Tulpenblüten. Zu Hause hatte ich mir nie viel aus Pflanzen gemacht, aber hier konnte man gar nicht anders. Sie schrien einen regelrecht an, wenn man unter ihnen entlangspazierte.

Mogan hatte zwei Häfen. Direkt unter Omas und meinem Balkon lag der Yachthafen, auch *Marina* genannt. Etwas weiter weg war der Fischerhafen. Und zwischen den Straßen und Gassen gab es massenweise Kanäle, weshalb Mogan auch das Venedig der Kanaren genannt wurde, wie Ernst behauptete.

An der Straße, die die Marina einrahmte, gab es jede Menge Boutiquen. Eine, die allen möglichen Krimskrams verkaufte, hieß *Newport*. Bescheuerter Name, fanden Elin und ich, sie sah auch nicht neuer aus als die anderen Läden. Die meisten Sachen hingen draußen an irgendwelchen Gestellen. Der Ladenraum war eigentlich nicht mehr als eine kleine Kammer, in die zum Ladenschluss alles hineingetragen und aus der beim Öffnen alles wieder hinausgetragen wurde, erzählte Elin. So eine Schlepperei.

Elin wollte sich Sonnentops angucken, also blieb ich auch stehen. Oma und Ernst liefen unbeirrt weiter in Richtung des kleinen Platzes in der Mitte der Hafenpromenade. Als sie merkten, dass wir stehen geblieben waren, riefen sie uns zu, dass wir sie in einem der Cafés an dem Platz finden würden.

Während ich so dastand und auf Elin wartete, beobachtete ich eine Frau, die in dem Wirrwarr von Taschen und Sonnenbrillen und Postkarten und Badebällen ihre Handtasche abstellte. Sie war rot. Die Frau guckte sich Ketten und Armbänder an, die in einer langen Reihe direkt über den Taschen hingen. Da passierte etwas Eigenartiges.

Wie aus dem Nichts tauchte ein Fuß auf und trat gegen die rote Tasche, so dass sie unter der dünnen Plastikplane verschwand, die die *Newport*-Boutique von dem Lokal daneben abtrennte. *Casablanca* hieß das Lokal. Die Tasche wegzutreten war kinderleicht, weil die Plastikplane nicht bis ganz auf den Boden reichte. Der Fuß, der sofort wieder verschwand, hatte eine braune Sandale und keine Strümpfe angehabt, so viel hatte ich sehen können, und Fuß und Bein waren sehr braun gebrannt gewesen. Die Frau bekam von alledem nichts mit, aber ich kniff Elin schnell in den Arm, worauf sie mich erstaunt ansah, weil sie natürlich auch nichts mitbekommen hatte. Das Ganze hatte höchstens ein paar Sekunden gedauert. Ich zog Elin am Arm vom Laden weg und wollte ihr gerade zuflüstern, was ich gesehen hatte, als die Frau merkte, dass ihre Tasche weg war.

*»Au voleur! On a volé mon sac! Avec tout mon argent«*, rief die Frau in einer mir unverständlichen Sprache. (Das war Französisch, wie Elin mir später erklärte. Und dann hat sie alles, was die Frau gesagt hat, in mein schwarzes Buch geschrieben und übersetzt, sie hat nämlich Französisch in der Schule. Jetzt kann ich also auch schon ein bisschen Französisch.)

Obwohl ich nicht verstand, was die Frau sagte, kapierte ich es doch instinktiv, wie sicher alle, die in der Nähe standen. Gleich darauf stürzten die Frau und der Ladeninhaber auf Elin und mich zu, weil wir uns ein Stück vom Laden weg auf den Bürgersteig zurückgezogen hatten. Sie glaubten anscheinend, wir hätten die Tasche geklaut und wollten jetzt abhauen. Das war ein sauschreckliches Gefühl, das kann ich euch aber sagen. Zuerst waren wir einfach nur überrumpelt, dann wurden wir wütend und Elin, die überhaupt nicht wusste, worum es ging – schließlich hatte sie weder die Tasche noch den Fuß gesehen –, schrie laut: »Lasst mich los, ihr Idioten, ich hab nichts getan und meine Freundin auch nicht!«

Weil sie auf Schwedisch schrie, passierte nichts, worauf Elin einen spanischen Wortschwall losließ. Jetzt verstand ich rein gar nichts mehr, aber dafür sah ich etwas, das keiner von den anderen sah. Auf der Restaurantterrasse, direkt neben der dünnen Plane, saß ein Junge mit kurzen krausen, schwarzen Haaren, einem Grübchen im Kinn, abgeschnittenen, ausgefransten Jeans, nacktem Oberkörper, superbraun, Goldring im Ohr und Silberkreuz an einem schwarzen Band um den Hals. Obwohl alles blitzschnell ging, war es fast so, als würden meine Augen ihn fotografieren, und das lag an einem ganz bestimmten Detail: Er trug genau solche Sandalen und hatte genau so einen braunen Fuß wie der, den ich eben gerade die Tasche hatte wegtreten sehen. Ach, und noch was. Seine Nase war ein kleines bisschen schief. Ich schätzte ihn auf etwa fünfzehn Jahre.

Natürlich war das der Taschendieb!

Aber wie sollte ich davon irgendjemanden überzeugen? Das Wichtigste war jetzt erst einmal, Elin einzuweihen, was bei dem wilden Gezeter um uns herum nicht ganz einfach war. Die Schlimmste von allen war die beklaute Frau. Sie konnte kein Spanisch und der Ladenbesitzer kein Französisch, auch sonst niemand der Schaulustigen, die herbeigeströmt waren. Was für ein Glück, dass Elin so cool war. Erst sagte sie etwas auf Spanisch, worauf es etwas ruhiger wurde, dann drehte sie sich zu mir um: »Was ist eigentlich passiert? Hast du irgendwas gesehen?«

Ich fasste in aller Eile zusammen, was ich beobachtet hatte. Mir war ganz schön mulmig. Was, wenn wir von der Polizei festgenommen würden?

Ich erzählte auch von dem Jungen, das heißt, von seinem Fuß, den ich, wenigstens vor anderthalb Minuten noch, im *Casablanca* gesehen hatte.

Danach musste Elin erst einmal für die anderen übersetzen und erklären, und während sie das tat, passierte die nächste eigenartige Sache. Als sie mich bat zu zeigen, wo genau ich den Sandalenfuß gesehen hatte, schaute ich natürlich in Richtung Restaurantterrasse. Und – da stand die Tasche der Frau!

Ich rieb mir die Augen, verständlicherweise, und sagte auf Englisch, glaubt es oder nicht: *»It is there! The red bag is back!«* (Hundertprozentig korrekt, wie Elin hinterher meinte.)

Jetzt gab es einen neuen Aufstand. Die Französin stürzte sich auf ihre Tasche, riss sie auf und ... natürlich war sie leer, will sagen: Natürlich war das Portemonnaie weg. Sie musterte Elin und mich erneut misstrauisch und ließ eine lange Tirade auf Französisch los. Aber Elin ließ sich nicht aus der Ruhe bringen, und als sie das von dem Jungen in dem Lokal nebenan erzählte, rasten alle gleichzeitig los, um ihn zu schnappen.

Aber der Junge war natürlich längst über alle Berge.

Irre, dass Elins und mein allererster Vormittag zusammen so spannend begann! Das war sicher auch der Grund dafür, dass wir so schnell so gute Freundinnen wurden. Wir überlegten, ob wir Detektiv spielen und den Jungen jagen sollten, den ich gesehen hatte, aber dann beschlossen wir, dass es dafür viel zu heiß war. Und dass es vielleicht auch ein bisschen kindisch wäre. Taschendiebe sind was ganz Normales an Orten wie Gran Canaria, sagte Elin. Die Kanarienvögel hatten uns am Abend vorher auch schon davor gewarnt.

Aber ich war sicher, dass ich den Jungen wiedererkennen würde, wenn ich ihn sah.

## 6

Je mehr es auf zwölf Uhr zuging, desto wärmer wurde es. Elin und ich beschlossen baden zu gehen. Wir entdeckten Oma und Ernst in einem Café an dem kleinen Platz, aber sie sahen uns erst, als wir direkt vor ihnen standen.

»Buh!«, sagte Elin, wie man es bei kleinen Kindern macht, und die beiden zuckten zusammen.

»Wir gehen zum Swimmingpool«, sagten wir.

Ernst nickte begeistert und Oma sah unglaublich zufrieden aus.

»Macht das. Wir kommen sicher auch bald. Wir wollen uns vorher nur noch den Fischerhafen ansehen.«

»Macht das«, äfften Elin und ich sie nach, mindestens genauso zufrieden.

»Wetten, dass sie ineinander verliebt sind«, sagte Elin, als wir beim Hotel ankamen. »Das sieht man doch schon von weitem.«

»Stell dir mal vor, sie heiraten!«, sagte ich. »Dann sind wir verwandt. Cousinen oder so was.«

»Wow, cool!«, rief Elin.

Als ich ins Zimmer hochrannte, um mein Handtuch und meinen Bikini zu holen, ging mir durch den Kopf, wie seltsam es war, dass ich das Gefühl hatte, Elin schon ewig zu kennen, obwohl es erst ein paar Stunden waren. Und wie toll es wäre, wenn ich sie wirklich zur Cousine hätte, oder was auch immer sie dann wäre. Ich war mir nicht sicher, ob ich Nathalie, die ich seit der Grundschule kenne, als Cousine haben wollte, auch keine von meinen anderen Freundinnen. Möglicherweise denkt ihr jetzt, dass Mogan mir zu Kopf gestiegen ist oder dass ich einen Sonnenstich hatte oder so. Aber vielleicht kennt ihr das ja selbst: Es gibt eben Menschen, bei denen man sofort merkt, dass man verdammt gut mit ihnen zusammenpasst, ein kleines bisschen so, wie wenn man verliebt ist, eben nur mit Freundschaftsgefühlen. Ich wusste, dass ich Elin nach dem Urlaub noch genauso mögen würde, und ich wünschte mir, sie würde in Schweden wohnen, weil ich sie nicht nur mochte, sondern auch irgendwie *brauchte*.

Ich glaube, schon da, als ich meine Badesachen holte, nahm ich mir vor Elin von Mama und Papa zu erzählen. Der Gedanke an die beiden versetzte mir wie immer einen Stich, aber ich spürte auch, dass es mir gut tun würde, mit jemandem wie Elin darüber zu reden. Weil sie so nett war, klar, aber auch, weil sie so rein gar nichts mit der ganzen Sache zu tun hatte.

Elin und ich gingen durch den großen Garten hinterm Hotel zum Pool, den ich ziemlich spitzenmäßig fand. Einen langen Sandstrand, wie ich gehofft hatte, gab es nicht, dafür aber was viel Besseres: Vom Garten hinterm Pool führte eine Treppe zum Atlantik, also zum Meer runter, und das Wasser war sofort tief. Wir sprangen direkt ins Meer, das war irgendwie toller – in Pools kann man schließlich dauernd baden, aber im Atlantik nicht, ich jedenfalls nicht. Wir schwammen hin und her und Elin war schwer beeindruckt, weil ich richtig kraulen konnte und sie nicht.

Hinterher machten wir es uns in Liegestühlen am Pool gemütlich. Elin schrieb Postkarten an Freunde in allen möglichen Ländern, in denen sie schon gelebt hatte. Anders als ich, ich hocke jetzt schon fast zwölf Jahre lang immer im gleichen langweiligen Vorort im Süden von Stockholm fest. Ich schrieb ein bisschen in mein schwarzes Notizbuch. Danach machten wir die Augen zu, weil uns die Sonne so blendete, und unterhielten uns weiter über Oma und Ernst.

»Es hat garantiert Klick gemacht«, sagte Elin.

»Wahnsinn, dass alte Leute sich noch verlieben«, antwortete ich und erzählte ihr von der Fernsehsendung, die ich gesehen hatte.

»Ich glaube, sie sind nicht viel anders als wir, auch wenn sie alt sind«, sagte Elin. »Natürlich sind sie klüger und so, aber ganz tief drinnen ändert man sich wohl nicht so sehr. Glaubst du eigentlich an Gott?«

Ich war ein bisschen überrumpelt, weil ich die Frage nicht erwartet hatte. Klar denke ich manchmal über Gott nach, vorm Einschlafen zum Beispiel, aber ansonsten sind wir in unserer Familie nicht sonderlich religiös.

»Ja, wahrscheinlich schon«, antwortete ich. »Aber ich gehe nicht in die Kirche oder so was. Glaubst du an ihn?«

»Manchmal. Weißt du, in Spanien sind ja fast alle Katholiken, die sind viel religiöser als die Schweden. Lässt du dich konfirmieren?«

»Da hab ich mir noch nie Gedanken drüber gemacht. Du?«

»Ich hab mich im Sommer konfirmieren lassen. Bei Opa in Schweden. Da hab ich an Gott geglaubt, aber eigentlich bin ich mir nicht so sicher. Es gibt so viele Dinge, die ich nicht verstehe. Den Tod und so.«

Wären Oma und Ernst nicht in dem Augenblick aufgetaucht, als Elin anfing über so ernste Dinge zu sprechen, hätte ich ihr garantiert von Mama und Papa erzählt. Doch die beiden wollten einen kleinen

Mittagsimbiss mit Melone und Schinken auf unserem Balkon veranstalten und so wurde nichts daraus. Aber ich war mir noch sicherer als vorher, dass ich ihr bald davon erzählen würde.

Nachmittags hält man *Siesta* auf Gran Canaria, genau wie in Spanien und anderen Ländern, wo es so warm ist. Dann schließen alle Läden – vom Balkon aus konnten wir sehen, wie die, die einen Laden hatten, ihre Waren nach drinnen schleppten und vor allen Fenstern Gitter herunterzogen, so ähnlich wie Rollläden.

Oma und Ernst meinten beide, dass man ja eigentlich ein Mittagsschläfchen halten müsste, weil das im Süden so üblich ist.

»Aber dafür haben wir keine Zeit. Ehe man sichs versieht, ist der Urlaub vorbei und schon geht's wieder zurück in die Kälte und das Miesepeterwetter«, sagte Oma.

»Ach ja!«, rief Elin so laut, dass wir alle zusammenzuckten. »Ich hab ganz vergessen zu fragen ... Sagt bloß nicht, dass ihr nur eine Woche hier seid!«

»Nein, nein. Zwei«, antwortete ich schnell, mit einem nervösen Kribbeln im Bauch. »Und ihr???«

»Auch zwei Wochen, nur ist schon über die Hälfte der ersten Woche vorbei«, sagte Elin. »Wir haben nur noch zehn Tage.«

»Das ist ja schrecklich!«, rief ich und meinte es ganz genau so.

Zehn Tage waren nichts, dachte ich panisch, und

merkte schon jetzt, wie furchtbar der Abschied und die letzten drei Tage ohne Elin werden würden.

Als Elin und ich uns so entsetzt ansahen, lachten Oma und Ernst.

»Kinder!«, sagte Oma. »Es ist doch erst ein halber Tag von zehn vergangen, gerade mal ein Zwanzigstel! Jetzt nehmt den Abschiedsschmerz nicht schon vorweg. Es ist doch wunderbar, dass ihr euch so schnell gefunden habt.«

Sie hatte Recht. Wir hatten noch viel Zeit.

»Und die müssen wir ausnutzen«, sagte Elin. »Komm, Madigan! Wir gehen zum Leuchturm und gucken uns die Boote an. Da reden wir weiter.«

»Macht das«, sagte Ernst.

»Und was habt ihr vor?« Ich konnte mir die Frage einfach nicht verkneifen und schielte dabei unauffällig zu Elin rüber.

»Ich werde wohl schwimmen und mich ein bisschen in die Sonne legen«, sagte Oma.

»Und ich zieh mich für ein Stündchen mit meinem Buch ins Bett zurück«, sagte Ernst. »Aber zum Abendessen sehen wir uns doch wohl alle wieder, hoffe ich?«

»Klar«, sagten Elin und ich im Chor, schon auf dem Weg nach draußen.

»Opa wirkt eifriger bemüht als deine Oma, oder was meinst du?«

»Eifriger bemüht?«, fragte ich, weil ich nicht ganz verstand.

»Na ja, interessierter irgendwie. Pass bloß auf, dass sie nicht kneift. Sonst werden wir nicht verwandt.«

»Ich geb mein Bestes«, antwortete ich.

Aber im Stillen dachte ich: Keine Chance. Man kann Oma nicht zu etwas überreden, das sie nicht selber will.

## 7

Wir machten uns, wie Elin vorgeschlagen hatte, auf den Weg zum Leuchtturm, der gegenüber vom Hotel am Ende des Piers stand. Vor dem Pier lag ein U-Boot, die *Yellow Submarine*, in dem man für tausend Peseten mitfahren konnte. Es schipperte ein Stück vor den Pier und sank dann für vielleicht eine Viertelstunde unter die Wasseroberfläche. Wir hatten keine Lust mitzufahren, obwohl wir genügend Geld dabeigehabt hätten. Ich hätte mich ehrlich gesagt gar nicht getraut und außerdem fand ich es viel wichtiger, unsere Unterhaltung fortzusetzen.

Aber meine Probleme erwähnte ich noch immer mit keinem Wort. Stattdessen erzählte Elin von sich. Was für ein Leben!

Sie ist in Japan geboren, allein das! Aber Japanisch kann sie nicht, da wär ich aber auch ausgeflippt. Ihr Vater arbeitet bei Ericsson und macht Auslandsverträge für Handys oder so ähnlich, ich hab das nicht ganz verstanden und anscheinend weiß Elin selbst nicht genau, was er eigentlich tut. Als sie zwei Jahre alt war, sind sie von Japan nach

Westberlin gezogen, wie es damals noch hieß, aber daran kann sie sich auch kaum noch erinnern, weil sie da nur bis zu ihrem fünften Lebensjahr gewohnt hat. Danach war sie in London, glaube ich. Dort ist sie in die Schule gekommen und ein paar Jahre geblieben. In Madrid hat sie bisher am längsten gewohnt, nächstes Frühjahr sechs Jahre. Danach ziehen sie nach Paris. Was für ein Leben! Ihre Mutter ist Krankenschwester. Das ist ziemlich praktisch, weil sie fast überall Arbeit bekommt, wenn sie erst mal die Sprache gelernt hat, und damit hat sie anscheinend keine Probleme.

Elin hat zwei Halbgeschwister. Einen erwachsenen Bruder, der nur von ihrem Vater stammt und in Brüssel wohnt, und eine Schwester, die nur von ihrer Mutter stammt. Die Schwester ist siebzehn und geht auf die gleiche Schule wie Elin, eine skandinavische Schule außerhalb von Madrid. Da ist ihre Mutter übrigens auch Schulschwester.

In den Sommerferien, und manchmal auch während der anderen Ferien, ist Elin in Schweden. Ich finde es faszinierend, dass sie genauso gut Schwedisch spricht wie ich, obwohl sie noch nie richtig in Schweden gelebt hat. Sie kann lauter solche Ausdrücke wie *krass*, *checken* und *voll fett*, wie es sich für vernünftige Leute gehört. Aber »ey« sagt sie nicht, also habe ich auch versucht es mir abzugewöhnen. Na ja, und dann kann Elin noch jede Menge verrückte Erwachsenenwörter wie *charmant* und *Landsmännin*.

Nachdem sie all das erzählt hatte, nahm ich meinen Mut zusammen und fragte sie: »Bist du mit jemand zusammen?«

Sie nickte.

Klar, so alt und so hübsch wie sie ist, dachte ich. Langes, glattes blondes Haar und große, leicht erstaunt wirkende Augen, dazu eine super Figur, die sich gut im Bikini macht. Da kann ich nicht mithalten. Ich bin platt wie eine Flunder.

»Er heißt Bjarne und ist Norweger«, sagte sie.

Ich wollte natürlich alles über ihn wissen und auch, was sie normalerweise zusammen machten, aber da wich Elin aus.

»Wie, was wir zusammen machen?«, fragte sie und kicherte sozusagen mit den Augen, aber ihr Mund blieb ganz ernst.

»Na ja, machen halt«, antwortete ich und dachte dabei an Küssen und solche Sachen.

Elin setzte eine todernste Miene auf und sagte: »Wir spielen Schach. Manchmal gehen wir auch ins Kino. Und außerdem lesen wir Bücher.«

»Sonst nichts?«

»Doch. Im Winter fahren wir ab und zu mit der Klasse nach Andorra, weil man da Skilaufen kann. Bjarne ist ein genialer Slalomfahrer.«

»Was ist mit Tanzen?«

»Wir haben manchmal Disco in der Schule. Dann tanzen wir natürlich.«

»Ah ja.«

Das war alles. Und ehrlich gesagt war es mir eigentlich völlig schnuppe, ob sie schon mit diesem Bjarne rumgeknutscht hatte oder nicht. Jedenfalls mochte ich ihn nicht besonders. Außerdem gab es für mich wirklich Wichtigeres zu besprechen.

Aber es wurde wieder nichts daraus. Nach einer Weile gingen wir zurück zum Hotel und leisteten Oma am Pool Gesellschaft. Ernst sahen wir erst am Abend wieder, als wir uns an ihrem Fenstertisch trafen, zusammen aßen und erzählten und aufs Meer guckten, das unter den Panoramafenstern wogte, keine drei Meter von unseren Plätzen entfernt.

Hinterher gingen wir zum Kaffeetrinken ins *Casablanca*. Und ratet mal, wer uns dort bediente! Genau. Der Junge, der der Französin das Portemonnaie geklaut hatte. Ich erkannte ihn sofort wieder und erzählte es den anderen, bestimmt verstand er kein Schwedisch.

»Sollen wir ihn uns schnappen?«, fragte Ernst.

»Wie willst du das anstellen?«, fragte Elin.

»Ich weiß nicht«, antwortete Ernst. »Vielleicht hat Madigan als Kronzeugin ja eine Idee?«

»Ich hab keine Ahnung, was eine Kronzeugin ist«, sagte ich. »Aber ich finde ihn süß. Und die Französin war so fies, meinetwegen kann er ihr Geld gern behalten.«

»Aus moralischer Sicht mag das in Ordnung sein«, sagte Ernst. »Aber aus juristischer nicht.«

Elin, die mehr hochgestochene Wörter kennt als ich, antwortete: »Dann entscheiden wir uns für die moralische Sicht. Ich schließe mich Maddes Meinung an. Er ist wirklich süß.«

# 8

Wenn man sich hinterher an einen Urlaub oder eine Reise erinnert, die man gemacht hat, kommen einem die ersten Tage immer unendlich viel länger vor als der Rest.

So war es auch in Mogan. Besonders der erste Tag mit Elin war unendlich lang, obwohl er nicht mehr Stunden, Minuten und Sekunden als die anderen Tage hatte.

An unserm vierten Tag unterhielt ich mich mit Oma darüber, dass es mir fast so vorkäme, als würde die Zeit plötzlich schrumpfen. Nur noch eine Woche ... Na gut, Oma und ich hatten noch fast elf Tage, aber ich stellte mir schon vor, wie leer es ohne Elin und Ernst sein würde.

Oma und ich saßen auf dem Balkon, ausnahmsweise mal allein. Es war später Nachmittag. Elin war in ihrem Zimmer und wusch sich die Haare und Ernst war nach Puerto Rico gefahren, um die Stadt zu erkunden und auszukundschaften, ob es dort ein gemütliches Restaurant gab, in das wir gehen konnten. Am Montag, den 19. Oktober, wurde er nämlich 71½. Typisch Ernst, seinen 71½-ten Geburtstag zu feiern! Dazu wollte er uns alle in ein schickes Lokal einladen, wo auch getanzt wurde. Natürlich, um mit Oma zu tanzen und sie zu bezirzen, glaubte Elin, er tanzt nämlich saugut. Das hatte er damals gelernt, als er Schauspieler werden wollte.

Darum waren Oma und ich also allein.

Wir saßen da und schauten zu den Booten, die direkt unter unserem Balkon am Kai vertäut lagen. Man konnte sogar ins Innere der Boote gucken. Es muss supergemütlich sein, auf einem Boot zu wohnen. Im hinteren Teil, *achtern* also, hatten alle Boote einen Tisch und Bänke und gleich hinter der Kajütenluke mischten sich die Leute ihre Drinks oder machten sich was zu essen. An den Leinen hingen Badesachen und Handtücher. In einem der Boote saß ein bärtiger Mann und spielte Gitarre, in einem anderen schlief ein Baby in einer Art Wiege, die an der Decke hinter der Kajütentür aufgehängt war.

Wir hatten uns mit einem Schweden unterhalten, der ganz von zu Hause bis hierher gesegelt war. Bei Wind und Wetter. Dass er sich das traute! Auch wenn sein Boot groß und stabil aussah, würde ich mich damit nie im Leben woanders hintrauen als in die Schären zu Hause. Ich bin schon ein paar Mal mit Papas Bruder und meiner Cousine Susanna in den Smådalarös-Schären gesegelt. Daher weiß ich auch, dass das, wo man sitzt, *Cockpit* heißt, und der untere Rumpf im Wasser *Unterwasserschiff*, und dass Boote immer weiblich sind.

Oma trank irgendwas Rotes und ich – wie üblich – eine Coca-Cola. Oma meinte, sie hätte irgendwo gelesen, dass Cola die Zähne kaputtmacht. Darauf erwiderte ich, ich würde sofort damit aufhören, wenn wir wieder zu Hause wären. Aber im Urlaub müsste man trinken können, worauf man Lust hat.

»Wie braun du geworden bist«, sagte Oma und rührte mit einem Plastikstäbchen in ihrem Getränk.

»Das steht dir ausgezeichnet. Schade, dass Ludde dich nicht so sehen kann!«

Ich hatte Oma erzählt, dass ich in Ludde Åkerblad aus meiner Klasse verknallt war und dass Natta ihn auch mochte – und dass sie bestimmt die Gelegenheit nutzen und ihn fragen würde, ob er mit ihr gehen wollte, solange ich weg war. (Oma kann man so was sagen, ohne dass sie einen aufzieht oder sich über einen lustig macht.)

»Ach«, sagte ich. »Ludde ist mir im Moment ziemlich egal. Er ist irgendwie so weit weg. Es kommt mir vor, als wären wir schon drei Monate hier und nicht erst drei Tage. Außerdem ist Elin viel brauner als ich. Wenn wir unterwegs sind, pfeifen ihr alle Jungs hinterher. Sie ist superhübsch, findest du nicht auch?«

»Super hier und super da«, sagte Oma. »Super wäre auch, wenn wir dein Mathebuch endlich mal wieder aufschlagen würden.«

Typisch. Kaum sagte ich etwas, das Oma nicht passte, fing sie mit Mathe an!

»Aber, findest du nicht auch, dass sie su … sehr hübsch ist?«, fragte ich hartnäckig weiter, um sie abzulenken.

»Doch, natürlich, aber bestimmt pfeifen sie hinter euch beiden her. Du bist genauso hübsch, Madigan.«

»Quatsch«, widersprach ich ihr, weil das nicht stimmt.

Natürlich findet Oma mich hübsch. Ich bin schließlich ihre Enkelin. Und außerdem behaupten die Leute, dass ich ihr ähnlich sehe. Da muss sie mein Aussehen ja gut finden. Obwohl was dran war an dem, was sie sagte. Ein paar Mal war ich allein in den kleinen Laden neben dem *Casablanca* gegangen, um Süßigkeiten zu kaufen, und da hatten auch ein paar Jungs gepfiffen.

»Ihr seid garantiert Mogans schnuckeligste Badenixen«, sagte Oma, »aber das hindert dich ja nicht daran, ein paar Matheaufgaben zu rechnen. Wenn Elin gerade mit Haarewaschen beschäftigt ist, ist das doch *die* Gelegenheit.«

»Meinetwegen«, antwortete ich bockig. »Aber können wir nicht wenigstens noch eine Viertelstunde gemütlich hier sitzen? Übrigens, findest du es nicht seltsam, dass wir erst drei Tage hier sind?«

»Ja«, antwortete Oma, »das ist seltsam. Ich hab in der Tat schon oft darüber nachgedacht, dass man sagt, die Zeit vergeht schneller, wenn es einem gut geht. Und trotzdem vergehen die ersten Tage an einem neuen Ort so langsam. Wahrscheinlich, weil da so viele neue Dinge passieren.«

»Ich hab das Gefühl, Elin schon ewig lange zu kennen«, sagte ich, weil ich ungefähr verstand, was Oma meinte. »Geht es dir mit Ernst auch so?«

Ich vermied es, sie anzusehen, als ich das sagte, und hoffte, sie würde so was in der Art antworten, wie dass es ihr ähnlich ginge. Aber alles, was sie sagte, war: »Es ist leicht, sich mit ihm anzufreunden. Er ist ein echter Gesellschaftsmensch. Und ein kleiner Charmeur.«

Ich war nicht zufrieden mit der Antwort.

»Aber du magst ihn doch, oder?«

»Er ist nett, sag ich doch!«

»Aber . . .«

Jetzt lachte Oma.

»Glaubst du, ich habe nicht mitbekommen, was du und Elin da aushecken? Ernst und ich haben schon darüber gesprochen. Aber ihr werdet damit leben müssen, dass wir euch enttäuschen. Wir haben nicht vor zu heiraten, nicht einmal, um unseren geliebten Enkelinnen einen Gefallen zu tun.«

»Aber er sieht doch gut aus. Ich meine, dafür dass er so ein alter Knacker ist. Und reich ist er auch! Das hat Elin gesagt. Er hat eine ganze Fabrik, in der Bootsteile hergestellt werden.«

»Es ist ganz reizend von dir, Madde, dass du deine alte Großmutter reich verheiraten willst! Aber ich habe keinesfalls vor zu heiraten, mein Schatz. Meine Art zu leben passt mir ausgezeichnet. Ich kann machen, was ich will, kommen und gehen, wann ich will, genau so viel schlafen, wie ich will, oder mir die Nacht um die Ohren schlagen, wenn mir danach ist, etwas essen oder es bleiben lassen. Wenn man diese Freiheit einmal genossen hat, will man sie nicht wieder eintauschen.«

»So war es aber nicht, als Opa noch gelebt hat.«

»Nein, natürlich nicht. Aber jetzt ist er nicht mehr da. Ich würde mir wünschen, dass er noch lebte, das kannst du mir glauben. Aber inzwischen sind ein paar Jahre vergangen und ich habe diese andere Art Leben schätzen gelernt. Das ist doch gut, oder?«

»Ja, obwohl . . . ach!«

»Ernst ist nett und er hat Stil und ich freue

mich, dass wir ihn und Elin am ersten Tag kennen gelernt haben. Und dass wir noch eine ganze Woche zusammen haben! Genau die richtige Zeit, finde ich.«

»Elin und ich wollen auch hinterher weiter Kontakt halten, uns Briefe schreiben und mailen und uns gegenseitig besuchen. Das haben wir abgemacht.«

»Verstehe. Aber ihr müsst damit rechnen, dass es vielleicht nicht so lange hält, wie ihr euch das vorstellt. Wenn man wieder zu Hause in seinem Alltag ist, bekommt man eine andere Perspektive.«

Da war es wieder, das schreckliche Wort, an das ich fast drei Tage nicht gedacht hatte – und Elin hatte ich von der ganzen Sache bis jetzt auch noch nichts erzählt.

Oma merkte sofort, dass sie was Falsches gesagt hatte.

»Tut mir Leid, Madde, mein Schatz, das ist ein dummes Wort. Aber andererseits: Du weißt doch selbst, dass man vor unangenehmen Dingen nicht davonlaufen kann. Früher oder später holen sie einen doch wieder ein. Aber das Wort hätte ich nicht sagen sollen. Du warst die ganzen Tage so glücklich und, na ja ...«

»Macht nichts«, sagte ich. »Ich denke sowieso ziemlich oft an Mama und Papa, auch wenn ich nichts sage. Aber was Elin und mich betrifft, da hast du Unrecht. Wir werden bestimmt für immer zusammenhalten. Das ganze Leben!«

Aber Oma war nicht von ihrer Meinung abzubringen und erzählte, dass sie auf ihren Reisen oft Leute kennen gelernt und sich richtig gut mit ihnen verstanden hätte. Aber außer ein paar Postkarten oder Briefen wäre nicht mehr viel gekommen, wenn sie erst wieder zu Hause war. Und nach einer Weile nicht mal mehr das.

»Dann wirst du Ernst also nie mehr wiedersehen?« Ich konnte mir die Frage nicht verkneifen.

»Wir sind beide alt und klug und haben so unsere Erfahrungen gemacht mit dem, was ich eben erzählt habe«, antwortete Oma.

»Habt ihr nicht mal eure Adressen und Telefonnummern ausgetauscht??«

Oma schien meine beiden Fragezeichen gehört zu haben, weil sie leise lachte.

»Nein, haben wir nicht. Aber wir wissen ja, wie leicht sich das über dich und Elin nachholen lässt, wenn wir es wollen.«

»Aber gerade hast du doch noch gesagt, ich soll nicht erwarten, dass unser Kontakt ewig hält?«

»Am Anfang werdet ihr euch ganz bestimmt noch schreiben. Und wer weiß – vielleicht bleibt es ja dabei. Es ist doch alles ein bisschen anders, wenn man jung ist, darum finde ich auch, ihr solltet unbedingt Kontakt halten. Ich hab das nur gesagt, damit du nicht gar so enttäuscht bist, falls ihr euch doch aus den Augen verliert.«

»Du wirst schon sehen ...«

»Natürlich, mein Schatz, das hoffe ich. Aber weißt du was, Elins Haare sind bestimmt bald trocken. Du machst jetzt am besten noch ein paar Matheaufgaben. Zehn Stück. Einverstanden?«

»Klar, Omilein«, antwortete ich.

Oma lachte und die Aufgaben liefen wie geschmiert.

# 9

Wie wir inzwischen also wussten, rasten die Tage nur so davon. Elin und ich schwammen im Meer und lagen am Pool, schlenderten durch Mogan und machten einmal sogar allein einen Bootsausflug, nach Aguineguin, das aber längst nicht so heimelig wie unser Mogan war. Auch Oma und Ernst nahmen an ein paar Ausflügen teil. Einer ging sogar bis nach Las Palmas, aber dazu hatten wir keine Lust. Am Donnerstag reiste eine neue Gruppe an, zu der auch ein Junge so um die achtzehn gehörte. Der versuchte ständig einen Liegestuhl in Elins und meiner Nähe zu ergattern. Mir war schon klar, dass er das nicht wegen mir tat. Aber Elin interessierte sich nicht für ihn und zeigte das auch deutlich. Darum ließ er sie bald in Ruhe und belagerte stattdessen ein englisches Mädchen, die mit der nächsten Gruppe am Sonntag kam. Wir belauschten ihn heimlich, als er versuchte Englisch mit ihr zu sprechen, oberaffig, und kicherten so laut, dass er es mitbekam. Danach hat er uns jedenfalls kein bisschen mehr genervt.

Es ergab sich nicht, dass ich von Mamas und Papas Krise erzählte. Jedes Mal, wenn ich Anlauf nahm, kam irgendwas dazwischen. Außerdem grübelte ich inzwischen gar nicht mehr so viel darüber nach. Man muss sich früh genug wieder mit dem alten Mist auseinander setzen, hätte Oma gesagt. Na ja, *Mist* hätte sie wahrscheinlich nicht gesagt, selbst wenn sie es gemeint hätte.

Die Geburtstagsfeier am Montag war der absolute Knaller, kann ich euch sagen! Uns war eingefallen, dass es noch mehr zu feiern gab als Ernsts so genannten Geburtstag: Wir kannten uns an diesem Montag genau eine Woche, denn der Sonntag, an dem wir uns nur gesehen hatten, zählte nicht.

Ernst hatte in der hintersten Ecke des Hafens von Puerto Rico ein Lokal ausfindig gemacht. Puerto Rico war viel größer als Mogan, eine richtige Stadt. Das Restaurant sah aus, als würde es auf dem Wasser schwimmen, und alles dort war megaschick, wie man es sonst nur aus dem Kino oder dem Fernsehen kennt. Ernst und Oma waren superelegant, man konnte echt stolz auf die beiden sein. Ernst trug einen hellgrauen, fast weißen Anzug, als wären wir in Hollywood, das passte also perfekt. Und dazu ist er noch groß und schlank wie ein General. Ich kenn mich mit Generälen zwar nicht so aus, aber das Wort passt irgendwie. Er hat einen kleinen Schnauzbart, schwarzsilbrig meliert, genau wie seine Haare. Obwohl er kaum noch welche hat. Aber das sieht gut aus. Oma hatte ein leuchtend blaues Kleid mit weitem Glockenrock an. Am Hals war es ein bisschen ausgeschnitten. Sie hatte ewig vorm Spiegel gestanden und geseufzt, bevor wir losgingen.

»Alte Weiber sollten hochgeschlossene Kleider tragen«, murmelte sie, wahrscheinlich, um mir Gelegenheit zu geben, ihr zu widersprechen, was ich auch tat. Sie war nämlich schön braun, obwohl sie sich so selten sonnte, und sah trotz der paar Falten am Hals richtig gut aus. Sie ist nämlich überhaupt nicht fett wie fast alle anderen Frauen in ihrem Alter, besonders die auf Gran Canaria. Außerdem war es dunkel und sie trug drei Reihen Perlen um den Hals, so dass nicht eine einzige Falte zu sehen war. Ich war hundertprozentig sicher, dass Ernst total in sie verknallt war, aber weder Elin noch ich erwähnten die Liebe mit einem Wort, schon gar nicht nach meinem Balkongespräch mit Oma. »Man muss das Schicksal seinen Lauf nehmen lassen«, wie Elin es sehr romantisch ausdrückte. Jedenfalls sagte Ernst: »Charmant, charmant, meine Damen«, als wir am Montagabend zur verabredeten Zeit an die Rezeption runterkamen – und damit meinte er nicht mich.

Obwohl, ich war auch ziemlich schick. Ich hatte nur ein Kleid dabei, das, was ich zur Schulabschlussfeier in der Fünften getragen hatte. Ich stellte fest, dass es langsam zu eng wurde. Es stimmt zwar, ich bin platt wie eine Flunder, aber trotzdem spannte das Kleid um den Brustkorb – anscheinend fing da doch was an zu wachsen. Nächstes Jahr kann ich das Kleid bestimmt nicht mehr tragen. Na ja, es ist auf alle Fälle schwarz und weiß geblümt und hat einen superkurzen, engen Rock. Das klingt vielleicht nicht sonderlich aufregend, aber es ist wirklich schick. Das fand Elin auch. Ich hatte mir das Haar mit Omas Lockenbürste gestylt – tja, Ludde Åkerblad hätte mich gern so sehen dürfen.

Aber die Schönste war eindeutig Elin. Ihr Kleid war ganz weiß und oben fast wie ein Badeanzug geschnitten. Der Rock war weit und ziemlich lang, und wenn sie sich drehte, schwang er um ihre Beine, megaschön sah das aus. Sie hatte ihr langes blondes Haar geflochten und wie eine Krone oben auf dem Kopf festgesteckt. In die Krone hatte sie rote Hibiskusblüten gesteckt. Mit der Frisur sah sie aus wie eine erwachsene Frau. Wenn ich genauer nachdachte, war es wohl doch besser, dass Ludde nicht da war. Neben ihr wäre ich ihm wahrscheinlich nicht mal aufgefallen.

Und jetzt das Schärfste: Wir haben getanzt! *Wir* bedeutet nicht, dass ich besonders viel getanzt hätte, aber die anderen! Aber zuerst einmal haben wir gegessen: als Vorspeise Gambas und große hellrosa Krebse, danach Fleisch – Kalb, hat der Ober gesagt, lecker war es jedenfalls – und zum Schluss Eis mit heißer Erdbeersauce und Schlagsahne; wir hatten anders als sonst alle das Gleiche bestellt. Sogar Elin, denn zu besonderen Anlässen macht sie schon mal eine Ausnahme von ihrem Kaninchenfutter. Wir beide tranken Coca-Cola, das heißt, Elin bekam auch einen kleinen Schluck Rotwein, aber ich wollte keinen, der schmeckt eklig, finde ich, einfach nur sauer. Elin hat da ein bisschen mehr Übung als ich, in Spanien wird schließlich dauernd Wein getrunken.

Ach so, ich wollte ja vom Tanzen erzählen!

Die Tische in dem Lokal waren im Halbkreis vor

den großen Fenstern angeordnet. Ihnen gegenüber auf der Wandseite war eine Art halbrunde Bühne, auf der ein komplettes Orchester Platz hatte. Von der Bühne führten ein paar Treppenstufen nach unten, einen Meter vielleicht, zur Tanzfläche. Als wir kamen, hatte das Orchester noch nicht angefangen zu spielen, aber die Instrumente standen schon da. Später kamen die Musiker und spielten zuerst ganz ruhige Musik, weil die meisten noch am Essen waren. Aber dann ging die Post ab! Wir waren in der Zwischenzeit beim Eis angelangt, höchste Zeit also, ein paar Kalorien abzuschütteln, fand Ernst. Im nächsten Augenblick hatte er Oma aufgefordert. Am Anfang waren sie fast allein auf der Tanzfläche, aber nach und nach gesellten sich immer mehr Paare zu ihnen und zwei Minuten später stand ein Junge vor Elin und verbeugte sich. Na klar! Ein ziemlicher Wicht war das, Elin war größer als er. Er war deutsch. Es wimmelt nur so von Deutschen auf Gran Canaria.

Die beiden tanzten echt gut. Der Junge tanzte Jive und drehte sich und Elin wirbelte herum, dass der Rock nur so hochflog, so dass man fast – aber auch nur fast – ihren Slip sehen konnte.

Oma und Ernst tanzten natürlich eher altmodisch, obwohl sie auch ein paar kleine Drehungen und Verrenkungen machten. Man sah, dass Ernst tanzen gelernt hatte. Total profimäßig. Ich blieb allein am Tisch sitzen, aber das machte nichts, es machte mir einfach nur Spaß, den anderen zuzugucken.

Und jetzt ratet mal, was dann passierte, als das nächste Stück gespielt wurde! Der deutsche Junge kam und *verbeugte sich vor mir.* Ich wäre fast gestorben! Dass er deutsch war, wusste ich, weil Elin mir das zugeflüstert hatte, als sie an den Tisch zurückkam. So tanzen wie er könnte ich im Leben nicht, deswegen war ich schon drauf und dran, den Kopf zu schütteln. Aber Elin wisperte ganz schnell und leise: »Lass ihn nicht abblitzen, damit beleidigst du ihn.« Und mit einem Mal befand ich mich also auf der glatten, glänzenden Tanzfläche. Und es lief ganz gut. Er schien verstanden zu haben, dass ich nicht wie Elin tanzen konnte, weil wir die meiste Zeit jeder für sich allein tanzten, nebeneinander, wir fassten uns nur ganz selten an den Händen. Und reden brauchte man zum Glück auch nicht.

Jetzt hab ich also in einem vornehmen Lokal mit einem unbekannten Deutschen getanzt! Das hat Nathalie bestimmt noch nie gemacht. Aber so viel ist sicher: Wenn ich ihr das hier erzähle, kommt sie garantiert mit irgendwas viel Aufregenderem von Mallorca.

Danach tanzte Ernst mit mir und der deutsche Junge forderte doch tatsächlich Oma auf! Der hatte doch einen an der Schüssel. Ich meine, natürlich ist Oma hübsch und jugendlich und so, aber der Junge könnte ohne weiteres ihr Enkel sein, älter als zwanzig sah er auf keinen Fall aus. Wir sahen ihn hinterher noch öfter, er tanzte jedes Mal mit einer anderen Frau. Ernst meinte, dass er vielleicht ein vom Restaurant engagierter Gigolo wäre. Das glaubte Oma nicht, dann hätte er nämlich nicht zuerst das hübscheste Mädchen im Saal aufgefordert. Ein Gigolo sollte sich um die älteren und einsamen Damen kümmern, die sonst nicht tanzen können. Sagte Oma.

Elin und ich tanzten auch zusammen. Das machte fast am meisten Spaß, weil wir lauter Drehungen erfanden, die uns unendlich schwungvoll vorkamen, aber wahrscheinlich gar nicht so toll aussahen, wie wir uns fühlten. Gran Canaria hat einen entscheidenden Vorteil: Wenn man sich blamiert, ist wenigstens niemand da, der einen kennt und einen am nächsten Tag aufziehen kann.

Irgendwann wurden wir ziemlich müde von dem vielen Essen und der Tanzerei und der Musik, die immer lauter und wilder wurde. Und Elin hatte keine Lust mehr, mit all den Typen zu tanzen, die regelrecht vor unserem Tisch Schlange standen. Sie fand es mindestens genauso nett, sich mit einem noch nicht einmal zwölfjährigen Mädchen zu unterhalten, genial! Wahrscheinlich wird man so, wenn man nicht sein ganzes Leben in einem verpennten Vorort wie unserem wohnt, da würde so was nämlich *niemals* passieren. Eine aus der Neunten würde eine aus der Sechsten noch nicht mal mit der Hinterbacke angucken. So wie wir aus der Sechsten im Leben nicht mit denen aus der Dritten Gummitwist spielen würden. In Elins Schule spielt jeder mit jedem, hat sie erzählt. Und auf dem *Collegio Escandinavo*, wie die Schule heißt, sind alle Altersgruppen vertreten, von vierjährigen Kindergartenkindern bis zu Abiturienten.

Es wurde ziemlich spät und nach Mogan zurück nahmen wir ein Taxi. Ich glaube, es stimmt, dass Ernst sehr reich ist. Er wollte immer alles bezahlen. Manchmal diskutierten Oma und er deswegen und dann sagte er jedes Mal: »Kein Protest! Ich bin ein Gentleman, und ein Gentleman zahlt.« Oma ließ er nur dann bezahlen, wenn wir nichts als einen Saft oder eine Cola oder Kaffee tranken oder einen kleinen Salat in einer einfachen Bar bestellten. Das tat er wahrscheinlich, damit sie aufhörte ihm bei den teureren Sachen wie einem feinen Restaurant oder Taxi in den Ohren zu liegen.

Ich fiel ins Bett ohne die Zähne zu putzen. Ein einziges Mal wird ja wohl nicht schaden? Obwohl ich in dieser Nacht träumte, dass mir alle Zähne ausfielen. Das lag bestimmt an meinem schlechten Gewissen.

Am nächsten Morgen erzählte ich Oma von meinem Traum.

»Zu träumen, dass einem alle Zähne ausfallen, bedeutet Reichtum«, sagte sie.

In dem Augenblick habe ich mich entschieden ein Buch über alles zu schreiben, was in letzter Zeit so passiert ist. Irgendwo muss ich schließlich anfangen, wenn ich reich werden will.

# 10

An unserm zweitletzten Tag am Pool erzählte ich Elin endlich alles – von dem Tag an, an dem wir Erbsensuppe gegessen und Oma mich wegen der Reise angerufen hatte. Ich erzählte ihr von Mamas Stipendium und von Eje, der die Bilder zu Mamas Büchern malt, und von Papa, der mit der Bibliotheksdame Ingalill ins Theater geht, und von *Perspektive* und *Schlendrian*, den ganzen Mist halt. Elin hörte schweigend zu, ab und zu nickte sie oder stellte eine kurze Frage, während aus mir alles wie ein Wasserfall hinausstürzte. Es war wunderbar.

Wir hatten uns etwas abseits auf ein paar Liegestühle gesetzt und unterhielten uns leise, fast flüsternd. Es waren nämlich ziemlich viele Schweden im Hotel und seine Familienprobleme will man schließlich nicht an die große Glocke hängen. Mit Elin war das was anderes, das hatte ich ja schon lange gewusst. Ich erzählte fast eine Stunde lang und staunte nicht schlecht, als sie dann selbst anfing zu erzählen!

»Ich weiß genau, wie du dich fühlst.«

»Woher willst du das wissen?«, fragte ich. »Zwischen deinen Eltern ist doch alles okay, oder?«

»Inzwischen wieder. Aber so war es nicht immer. In unserem dritten Jahr in Madrid ist Papa plötzlich viel öfter nach Sevilla gefahren als vorher. Ich war damals zehn Jahre alt. Das war schrecklich.«

Sie klang, als würde sie jeden Moment anfangen

zu weinen, obwohl das Ganze schon fünf Jahre zurücklag. Ich wartete ein wenig, ehe ich vorsichtig nachhakte: »Hatte dein Vater dort eine Freundin?«

Sie nickte. Danach war es wieder eine ganze Weile still.

»Er ist sogar zu ihr gezogen und hat ein halbes Jahr dort gewohnt. Stell dir das mal vor! Sie war Sekretärin in der Filiale in Sevilla. Oh, wie ich sie gehasst habe!«

»Kanntest du sie?«

»Zum Glück nicht. Ich hab sie nie richtig getroffen. Sei froh, dass deine Eltern beide jemanden haben. Eine Mutter, die nur noch heult und am liebsten morgens nicht mehr zur Arbeit gehen würde, und das, wo ihr Arbeitsplatz auch noch an derselben Schule ist, auf die man selber geht – das ist alles andere als komisch, das kann ich dir sagen. Peinlich war das.«

»Aber du konntest doch nichts dafür!«

»Natürlich nicht, und Mama auch nicht. Aber trotzdem schämt man sich irgendwie. Das mag zwar albern sein, aber es ist einfach so. Meiner Schwester ging's genauso.«

Ich dachte nach. Schämen tat ich mich eigentlich nicht, aber vielleicht lag das daran, dass Natta die Einzige war, die Bescheid wusste, und ihre Eltern sind schließlich auch geschieden. Und meine sind noch nicht mal richtig auseinander gezogen.

Bis jetzt.

Als ich so darüber nachdachte, machte sich wieder dieses Einsamkeitsgefühl in mir breit, das ich schon kannte. Elin merkte es sofort und sagte: »Bei dir ist das anders, glaube ich. Du findest es wahrscheinlich nicht so peinlich, weil das in Schweden viel häufiger vorkommt. Aber in Spanien ist das ganz anders! Alle wussten, dass Mama irgendwann alles aufgegeben hatte, um Papa an alle möglichen Orte ins Ausland zu begleiten.«

»Dabei hätte sich doch eigentlich dein Papa schämen müssen.«

»Ja, klar, aber er war ja mit der alten Hexe in Sevilla beschäftigt. Ab und zu kam er auch mal nach Madrid, aber dann war er nur in seinem Büro. Er wohnte nicht bei uns, sondern in einem Hotel. Manchmal hat er sie sogar mitgebracht nach Madrid. Einmal hab ich sie von hinten auf der Gran Via gesehen, das ist eine breite Prachtstraße, wo jeder langgeht, aber ich hab nicht nach Papa gerufen.«

»Hast du deinen Vater auch gehasst?«

»Nein. Ich war wütend, und das nicht zu knapp. Aber gehasst hab ich ihn nicht. Mein Vater ist eigentlich total lieb.«

»Wie ist es weitergegangen?«

»Gut. Am Ende hat die Alte sich zusammengerissen, ist nach Sevilla gefahren und hat ihn zurück nach Hause geholt.«

Das Letzte klang komisch und ich musste grinsen, weil Elin sonst nie so von ihren Eltern sprach, sondern immer Mama und Papa sagte. Aber hier passte »die Alte« irgendwie besser. Elin musste selber lachen.

»Ich hab nie rausgekriegt, wie sie es geschafft hat,

aber genau das hat sie gemacht. Meine Schwester und ich haben für ein paar Tage bei Mamas bester Freundin gewohnt. Danach kamen sie zu zweit nach Hause. Papa war ziemlich zerknautscht, aber herrlich war es trotzdem. Hinterher hat er mal gesagt, dass Mama ihn vor einer Katastrophe gerettet hätte. Du wirst schon sehen, das mit deinen Eltern kommt auch wieder in Ordnung. Das mit der Perspektive ist vielleicht gar nicht so verkehrt. Wahrscheinlich brauchte Papa das auch.«

»Und deine Mutter nicht.«

»Nein, und trotzdem hat sich für sie viel geändert. Aber du – das ist streng geheim. Ich hab noch nie mit jemandem darüber gesprochen. Und zu Hause wird über diese ätzende Zeit natürlich auch nicht geredet.«

»Das kann ich verstehen. Ich schwöre, dass ich niemandem ein Sterbenswörtchen davon erzählen werde, versprochen!«

»Auch nicht deiner Oma?«

»Auch nicht meiner Oma.«

»Gut. Opa hat nämlich niemals was davon erfahren. Und inzwischen ist es so lange her, dass man nicht mehr darüber reden muss.«

»Es hat jedenfalls irre gut getan, mit dir darüber zu sprechen«, sagte ich und merkte, wie stolz ich war, dass Elin mir ihr größtes Geheimnis anvertraut hatte, obwohl ich noch nicht mal zwölf Jahre alt war. Das sagte ich ihr und ihre Antwort darauf freute mich sogar noch mehr: »Du bist keine normale kindische Zwölfjährige. Ich hab das Gefühl, als wären wir gleich alt. Außerdem glaube ich, dass unangenehme Dinge einen reifer machen.«

Ich spürte eine Weile nach, ob ich in letzter Zeit reifer geworden war, wusste aber nicht, wie sich das anfühlen sollte. Da fiel mir etwas ein, das Oma vor langer Zeit mal gesagt hatte: »Misserfolge zerbrechen kleine Seelen und machen große Seelen stärker.«

Zerbrochen war ich nicht. Noch nicht. Und vielleicht würde das auch niemals passieren. In diesem Fall hätte ich es zu großen Teilen Elin zu verdanken.

# DRITTER TEIL

## Es kommt, wie es kommt

### 1

Bald ist Weihnachten.

Ich sitze in meinem Zimmer. Vor mir liegt eine Anzeige aus der Tageszeitung über einen Schreibwettbewerb. Da steht, dass man seinen Beitrag bis Ende Januar einschicken soll. Der Text soll mit einem Namenskürzel versehen werden, das man außerdem auch noch auf einen Umschlag schreibt. In den Umschlag, der zugeklebt wird, steckt man einen Zettel mit seinem richtigen Namen und seiner Adresse. Die Geschichte soll »zum Lesen verführen und Lebensmut machen«, steht da außerdem. Ich habe vor mein Buch einzuschicken, sobald es fertig ist.

Wer hätte das gedacht, dass ich mal ein ganzes Buch schreiben würde! Es war zugleich leichter und schwerer, als ich dachte. Ich hab mir in Mogan jede Menge Notizen gemacht und Oma hat massenweise Fotos geschossen, ich weiß also, wie alles aussah. Aber ein Buch braucht einen richtigen Schluss und den hat meine Geschichte nun mal nicht. Mama ist noch nicht wieder aus Frankreich zurück (womit frühestens im nächsten Frühsommer zu rechnen ist, wenn überhaupt) und Papa hat sich auch noch nicht zu seiner *Perspektive* geäußert oder wie es weitergehen soll. Bei so was ist nicht viel Lebensmut zu schöpfen.

ABER! Eins ist auf alle Fälle sehr gut gelaufen, bis jetzt jedenfalls: Elin und ich schreiben uns richtig oft.

Ich vermisse Elin ziemlich arg, Briefe sind einfach kein Ersatz.

Was aber wiederum gut an Briefen ist: dass man sich auf die Antwort freuen kann. Wir haben ausgemacht richtige Briefe zu schreiben und keine Mails, obwohl wir könnten, wenn wir wollten. Ich im Büro von meinem und Elin im Büro von ihrem Vater. Briefe sind aber viel toller. Wenn ich nach Hause komme und noch keiner die Post durchgesehen hat und ich den Stapel mit Kaufhausreklame und langweiliger Geschäftspost aufhebe und dann ganz zuunterst einen hellgrünen Umschlag mit Elins runder Schrift entdecke – yippie, das ist fantastisch. Ich mache die Briefe nie gleich auf. Zuerst rühr ich mir einen Becher Kakao an, wärm ihn in der Mikrowelle, schmiere mir ein Käsebrötchen mit Orangenmarmelade und stelle alles auf ein Tablett, das ich in mein Zimmer trage. Dann lege ich ganz leise Musik auf, mach es mir auf meinem Bett bequem und reiße den Umschlag auf.

Besonders gefreut hat mich, als Elin mir letzte Woche schrieb, dass sie mit dem norwegischen Jungen Schluss gemacht hat. Im Moment hat sie keinen

Freund. Ich übrigens auch nicht. Ludde ist mit Natta zusammen! Sie sind zusammengekommen, als ich in Mogan war, und eigentlich müsste ich deswegen sauer sein. Aber irgendwie tut Natta mir auch Leid, sie hat nämlich für nichts mehr Zeit außer für Ludde. Wir sind längst nicht mehr so oft zusammen wie vorher. Ich mach jetzt mehr mit Emilia, die hat nämlich auch keinen Freund.

Ein paar Wochen, nachdem wir wieder zu Hause waren, habe ich Elin geschrieben, dass ich das Projekt mit dem Buch doch lieber fallen lassen wollte, aber da bekam ich, viel schneller als sonst, eine gepfefferte Antwort von ihr: »Du bist wohl bescheuert, Madde«, schrieb sie. »Du schreibst so irre tolle Briefe. Natürlich schreibst du das Buch.«

Also habe ich mich wieder umentschieden.

Darum sitze ich jetzt hier an Papas Computer und schreibe.

## 2

Ich muss mal eben einen kurzen Blick in mein Notizbuch werfen:

*»Ich werde wohl doch machen, was ich mir überlegt habe, als Oma gesagt hat, es würde Reichtum bedeuten, wenn man träumt, dass einem die Zähne ausfallen: Ich werde ein Buch schreiben, wenn ich nach Hause komme. Elin findet*

*die Idee auch gut. Sie meint, Schreiben wäre gut für die Seele, wenn man niedergeschlagen ist. Und niedergeschlagen bin ich wirklich, Elin und Ernst sind nämlich abgereist und wer weiß, wie es wird, allein zu Papa nach Hause zu kommen.«*

Das war der letzte Eintrag in dem schwarzen Buch.

Kein Wunder, die letzten Tage gab es auch nicht mehr viel zu erzählen. Ich habe einen Krimi gelesen, den Elin mir bei ihrer Abfahrt geschenkt hat. Er hieß *Zehn kleine Negerlein* und war superspannend. Am Ende blieb einem glatt die Luft weg!

Ach ja, dann haben Oma und ich noch ein paar Busausflüge gemacht, die die Reiseleiter organisiert hatten, aber die waren nicht sonderlich aufregend. Ich hab ziemlich viel am Pool rumgehangen und gefaulenzt, wenn ich ehrlich sein soll. Und wenn ich ganz und nicht nur ein bisschen ehrlich sein soll, hab ich einen ziemlichen Frust geschoben. Nicht nur, weil ich Elin vermisste, vor allen Dingen hatte ich wohl Muffensausen, nach Hause zu kommen. Mama war abgereist, während Oma und ich weg waren, das wusste ich. Aber wie würde es ohne sie sein? Sie war zwar keine Heimchenmama wie die von meiner zweitbesten Freundin Emilia, aber trotzdem. Auch wenn sie manchmal Tag und Nacht am Schreibtisch saß, war sie doch immer diejenige, die dafür gesorgt hat, dass nie die Nutella ausging, und die jeden Donnerstag die Erbsensuppe kochte.

Mir gingen in diesen Tagen sehr betrübliche Gedanken durch den Kopf. Oma merkte das und versuchte mich mit den Bustouren aufzumuntern, aber das half auch nicht viel. Ich glaube, sie fühlte sich so ähnlich wie ich. Eigentlich sprach sie nicht darüber, aber ab und zu sagte sie Dinge, die zeigten, dass sie das mit dem Auseinanderziehen auch nicht so gut fand. Immerhin ist sie Mamas Mama und macht sich natürlich Sorgen um sie. »Man macht sich immer Sorgen um seine Kinder, auch wenn sie längst erwachsen und verheiratet und selbst Mütter sind.« Das war eins von den Dingen, die sie sagte.

Eigentlich war ich also froh, als der Abreisetag kam, auch wenn das bedeutete, dass wir bald wieder alle Probleme direkt vor der Nase hatten. Am meisten hatte ich Bammel, die Bibliotheksdame Ingalill könnte neben Papa in der Ankunftshalle im Flughafen stehen. Das hätte ich nämlich nicht ertragen.

Über den Rückflug gibt es nicht viel zu erzählen, außer dass unser Flieger mehr als drei Stunden Verspätung hatte und dass es sterbenslangweilig war, auf dem Flughafen in Las Palmas festzusitzen. Aber wenigstens durften alle auf Kosten des Reiseveranstalters zu Hause anrufen und da hab ich mit Papa telefoniert, der versprach uns am Flughafen abzuholen, obwohl wir mitten in der Nacht ankommen würden. »Ich hab mein kleines Mädchen vermisst«, sagte er. »Hier ist es so leer und still.«

Darüber dachte ich lange nach, als wir halb dösend vor unserem *gate* saßen. Leer und still. Dann schien Ingalill also noch nicht eingezogen zu sein. Aber vielleicht war sie auch ein stiller Typ. Am Ende fragte ich Oma, was sie dazu meinte.

»Nie im Leben!«, sagte Oma felsenfest überzeugt. »Mach dir keine Sorgen. Ich bin noch nicht mal sicher, ob da überhaupt was, wie soll ich sagen, Ernstes zwischen den beiden ist. Man kann doch einfach befreundet sein, auch wenn man erwachsen ist.«

»Wie du und Ernst, meinst du?«

»Ja, zum Beispiel«, antwortete Oma.

Ich versuchte an schönere Dinge zu denken, was mir allerdings nicht sonderlich gut gelang. Man kann nicht unbedingt behaupten, dass ich froh war wieder in die Schule zu kommen, auch wenn ich mich darauf freute, Nathalie von Elin und allem anderen zu erzählen. Zu dem Zeitpunkt wusste ich noch nicht, dass sie nur noch Ludde im Kopf hatte. »Meinen« süßen Ludde ...

Papa nahm uns um halb zwei nachts am Flughafen in Empfang. Er hatte niemanden mitgebracht. Weil wir supermüde waren, verlief die Autofahrt ohne großes Erzählen. Wir setzten Oma vor ihrem Haus im Norden der Stadt ab und fuhren anschließend einmal quer durch die dunkle und regennasse Innenstadt bis zu unserer Wohnung im Süden.

Zum Glück war sie leer. Ich hatte anscheinend Angst gehabt, Ingalill in einem der Zimmer anzutreffen, denn ich erinnere mich, wie ich sagte: »Hier ist ja niemand!«

Ich biss mir auf die Lippe, weil mir aufging, wie

bekloppt das war. Aber Papa antwortete ganz ruhig: »Natürlich nicht.«

Danach gingen wir gleich ins Bett und ich war schon eingeschlafen, bevor mein Kopf das Kissen berührte.

## 3

Der nächste Tag war zum Glück ein Sonntag, ich wurde also nicht vom Wecker geweckt und Papa ließ mich schlafen, bis ich von allein wach wurde. Da war es schon nach zehn Uhr, und als ich die Augen aufschlug, wusste ich nicht, wo ich war – genau wie am ersten Morgen in Mogan. Es dauerte eine Weile, bis ich meine blau geblümten Gardinen und meinen abgewetzten Teddy Figaro wiedererkannte, der am Fußende von meinem Bett saß. Als mir einfiel, dass ich zu Hause war, schwappten zwei Gefühle gleichzeitig in mir hoch. Das eine hatte mit Figaro zu tun. Mein Teddy war für mich ganz stark mit »zu Hause« verbunden, er bedeutete Sicherheit und Vertrautheit. Und eigentlich bin ich doch am liebsten zu Hause, auch wenn es woanders sehr schön sein kann.

Das andere Gefühl war natürlich: Zu Hause ohne Mama, ist das überhaupt zu Hause?

Ich blieb noch ein bisschen liegen und dachte an jenen Tag vor einer Ewigkeit, den Donnerstag mit der Erbsensuppe und der Schreckensnachricht. Wäre das doch alles nie passiert! Ein paar Monate mit Papa allein zu Haus wären völlig okay, wenn ich sicher sein könnte, dass Mama wieder zurückkäme und dass wir drei immer hier wohnen und immer eine Familie sein würden. Was, wenn alles zu spät war? Vielleicht hatten sie längst besprochen, dass sie nicht mehr miteinander verheiratet sein wollten, weil es mit Eje und Ingalill viel toller war! Vielleicht hatten sie das schon bei Omas und meiner Abreise gewusst, wollten aber nicht gleich mit der Wahrheit rausrücken oder haben sich nicht getraut. Klar, so war es!

Hinter meinen Augenlidern brannten Tränen und der dumme alte Kloß hatte sich wieder in meinem Hals festgesetzt, während ich so auf dem Bett lag und meinen zerschlissenen Teddy anstarrte. Da hörte ich leise Schritte vor der Tür, ein vorsichtiges Klopfen und Papas Stimme, die kaum mehr als ein Flüstern war.

»Madde, mein Schatz, bist du wach?«

Zuerst wollte ich nicht antworten, aber dann hörte ich vor der Tür ein Klappern wie von Bechern und Tellern und schätzte, dass Papa mir als Willkommen-zu-Hause-Überraschung eine heiße Schokolade ans Bett bringen wollte. Und da ging mir auf, dass ich den süßesten Papa auf der ganzen Welt hatte. Ich schluckte also meinen dämlichen Kloß runter, kroch unter die Decke und antwortete »Mmmh ...«, als wäre ich gerade erst aufgewacht.

Und tatsächlich. Papa stieß die Tür mit dem Ellenbogen auf und kam mit dem Rücken zuerst ins

Zimmer. Auf dem Tablett standen eine Tasse Kaffee für ihn und ein Becher Kakao für mich und meine absoluten Lieblingsbrote mit Leberpastete und Salami und Käse mit großen Löchern, durch die die Butter quoll.

Nachdem er alles zusammen auf meinem Schreibtisch abgestellt hatte, sagte er: »Mama lässt dich grüßen, ich habe gerade mit ihr telefoniert und versprochen, dass wir sie in Grez anrufen, wenn du wach bist. Aber wir können auch gern erst essen, wenn du willst.«

»Beides gleichzeitig!«, sagte ich und dachte im Stillen: Jedenfalls reden sie noch miteinander. Obwohl Mama natürlich wusste, dass ich heute nach Hause kam, vielleicht hatte sie auch nur deswegen angerufen . . .

Als Papa mir das schnurlose Telefon brachte, fragte ich: »Hat Mama *dich* angerufen?«

»Nein, warum?«

»Ich wollte es nur wissen.«

»Ich rufe sie immer an. Das haben wir so abgemacht, weil es von hier aus billiger ist, als wenn sie aus Frankreich telefoniert. Meistens rufe ich sie aus der Schule an, aber heute ist ja Sonntag.«

*Immer, meistens*, dachte ich. Dann reden sie anscheinend ziemlich oft miteinander und nicht nur, weil ich von den Kanaren zurück bin.

Papa tippte eine unendliche Zahlenreihe ein und plötzlich hatten wir Mama an der Strippe. Wir erzählten und aßen und lachten abwechselnd. In dem Moment fühlte sich eigentlich gar nichts bedrohlich an.

Ich brachte es sogar fertig, »Grüß Eje!« zu sagen, bevor wir auflegten, und da antwortete Mama: »Klar, mach ich, ich soll auch schön von ihm grüßen!« Ganz so, als wäre alles in bester Ordnung.

Den ganzen Sonntag über war das ziehende Gefühl in meinem Bauch völlig verschwunden.

Ich packte meine Tasche aus und sortierte Schmutzwäsche und saubere Klamotten auseinander, während Papa wie gewöhnlich an seinem Computer saß und die Arbeiten erledigte, die er während der Woche nicht schafft. Ich badete, wusch mir die Haare und rief bei Natta an, die nicht zu Hause war, danach telefonierte ich mit Oma, die auch schon mit Mama gesprochen hatte.

»Hat sie was gesagt?«, fragte ich.

»Nein«, antwortete Oma, die sofort verstand, was ich meinte. Natürlich hatte Mama *irgendwas* gesagt, sonst machte es ja wohl wenig Sinn anzurufen. »Sie hat nur gesagt, dass alles in Ordnung ist und dass sie mit dem Schreiben gut vorankommt, dass sie ziemlich Heimweh hat, und jetzt noch mehr, wo du wieder zu Hause bist.«

»Dann hat sie vorher also auch schon ein bisschen Heimweh gehabt?«

»Du weißt doch, was für eine Hauskatze deine Mutter ist«, sagte Oma. »Wie es ihr mit Eje und deinem Papa geht, davon hat sie nichts erzählt. Und das kann man nicht so einfach fragen, selbst als Mutter nicht, verstehst du, mein Schatz?«

»Als Tochter auch nicht. Aber wenn sie ... Ich

meine ... Ach, Mist. Ich wollte fragen, darf ich bei dir wohnen, wenn es zur ... wenn es zum Schlimmsten kommt?«

Ich brache das Wort *Scheidung* einfach nicht über die Lippen, weil ich das Gefühl hatte, sobald ich es aussprach, würde es auch eintreffen.

»Natürlich, Elvira-Schatz. Aber denk jetzt nicht an so was! Ich glaube, dass sich alles wieder einrenken wird, sie brauchen nur ein bisschen Abstand, auch wenn das belastend ist. Schreib lieber einen Brief an Elin, das lenkt ab. Die Welt geht von so einer kleinen Ehekrise nicht unter.«

Darüber dachte ich nach, als ich Elin all das schrieb, was ich eben gerade erzählt hab: dass das Flugzeug Verspätung hatte, von der Heimreise und dass ich mit Mama gesprochen hatte. Und ich dachte an das, was Elin mir über ihre Eltern erzählt hatte. Das war irgendwie viel schrecklicher gewesen und trotzdem hatte es sich wieder eingerenkt. Und dann nahm ich mir vor Papa zu fragen, ob ich Mama in den Weihnachtsferien besuchen dürfte.

In dem Augenblick kam Papa in mein Zimmer und verkündete, er hätte jetzt genug gearbeitet und wäre dafür, dass wir Oma abholen und zusammen in einem Restaurant in der Stadt essen gehen sollten, um unsere Rückkehr zu feiern.

Und genau das machten wir und alles war Friede, Freude, Eierkuchen. Wir bestellten alle drei dicke Steaks vom Holzkohlengrill. Mama wäre entsetzt gewesen, sie ist nämlich überzeugt, dass man davon

Krebs kriegt. Es hatte also auch was Gutes, dass Mama im Moment nicht hier war.

Als wir so zusammensaßen, sagte ich es.

»Darf ich Mama in den Weihnachtsferien besuchen? Ich kann auch allein fliegen, ich hab ja jetzt Übung.«

Papa und Oma lachten, aber dann sagte Papa was Tolles: »Mal sehen, wie wir das mit Weihnachten organisieren. Wenn ich die Tage zwischen Weihnachten und Neujahr nicht arbeiten muss, könnten wir zwei doch nach Paris fliegen. Aber es ist noch zu früh, um etwas versprechen zu können.«

Bevor ich an diesem Sonntagabend einschlief, gingen mir fast ausschließlich schöne Gedanken durch den Kopf.

Mama und Papa telefonierten oft miteinander.

Vielleicht würden Papa und ich Mama zu Weihnachten besuchen.

Es war kein Wort über die Bibliotheksdame Ingalill gefallen.

Der letzte Gedanke war fast der beste, aber er hielt auch nur für diesen einen Tag.

Am nächsten Nachmittag brachte Papa Ingalill mit nach Hause, als er aus der Schule kam. Ich saß nichts Böses ahnend in meinem Zimmer und schrieb den Brief an Elin zu Ende, den ich am Tag vorher angefangen hatte. Plötzlich standen sie mit lauter Einkaufstüten und -taschen im Flur.

»Hallo, Madde«, sagte Ingalill. »Wir wollen zusammen kochen. Du magst doch Frikadellen, oder?«

»Ich heiße Elvira«, antwortete ich. »Und ich bin Vegetarierin.«

Keine Ahnung, wie ich darauf kam. Papa räusperte sich und rannte ans Telefon, das im gleichen Augenblick klingelte. Schwein gehabt. Ich musste daran denken, was er vor einer Ewigkeit vom rettenden Klingeln gesagt hatte. Inzwischen war mir klar, was das bedeutete.

Aber ich aß trotzdem was von den Frikadellen und benahm mich sehr anständig – ich stellte mir vor, wie Elin sich an meiner Stelle verhalten hätte, und da fiel es mir gleich viel leichter. Außerdem fasste ich einen Beschluss. Falls es zu nervig würde, falls diese Ingalill jetzt zum Beispiel ständig bei uns zu Hause rumspringen sollte, würde ich einfach so tun, als könnte mich Elin sehen und hören. Außerdem würde ich versuchen ihr alles so wahrheitsgetreu wie möglich zu schreiben.

Ingalill ging übrigens direkt nach dem Kaffee nach Hause. Und sie nannte mich die ganze Zeit Elvira.

Papa war wie immer, als er mich vorm Schlafengehen in den Arm nahm. Aber ich traute mich nicht nachzufragen. Und es ist wirklich nicht leicht zu begreifen, was Erwachsene denken und fühlen. Dass es ihnen zum Beispiel ganz egal zu sein schien, was ich dachte und fühlte. Sie hätten ruhig mal fragen können.

# 4

Ingalill war nicht das einzige Problem, das mich beschäftigte.

Montagmorgen machte ich, was ich immer tat: Es war alles genauso, als wäre ich nie zwei Wochen aus der Schule weg gewesen. Ich trank meinen Kakao, packte meinen Rucksack (erste Stunde Mathe, kein guter Anfang) und trabte zu Nathalie. Alles war wie immer, fast jedenfalls: Natta war natürlich noch nicht mal halb fertig, sondern hektikte mit einem Butterbrot in der einen und einem Stiefel in der anderen Hand zwischen Küche und ihrem Zimmer hin und her, auf der Suche nach ihrer Bürste. Das, was nicht so war wie sonst, war Natta selbst. Als wir uns endlich auf die Socken machen konnten, vermied sie es, mich anzusehen, und sie quasselte die ganze Zeit wie ein Wasserfall, aber ohne das Wichtigste zu sagen, das ich zu dem Zeitpunkt ja noch nicht wusste: dass sie mit Ludde Åkerblad zusammen war. Ich ahnte nichts, bis ich es in der ersten Pause mit eigenen Augen sah!

Schön war das nicht gerade.

Und sie fragte mit keinem Wort, wie es in Mogan gewesen war. Sie redete von nichts anderem als den *Pepper-Girls*-Proben, die jeden Nachmittag direkt nach der Schule stattfanden. Sie und Jonna hatten am Montag nach meiner Abreise die Ausscheidung in unserer Klasse gewonnen. Dic anderen beiden waren Leila und Sofia aus der 6a.

Ludde, der mit Nein gestimmt hatte, als es darum ging, ob unsere Klasse überhaupt mitmachen sollte, hatte seine Meinung total geändert. Jetzt begleitete er Nathalie jeden Nachmittag zu ihren Playback-Proben. Sie wären fast wie ein erwachsenes Liebespaar, erzählte Emilia in der ersten Pause. Aber da alle die beiden mögen, zog keiner sie deswegen auf.

Eine gute Sache war, dass ich in Mathe kein bisschen hinterherhinkte, und auch sonst nirgends. Omas Stunden hatten Wunder gewirkt. Eigentlich war in den vierzehn Tagen, in denen ich weg war, nicht viel passiert in unserer Klasse. Oder genauer in den zehn Tagen, ich hatte ja nur zehn Schultage verpasst. In der letzten Stunde Englisch zeigte sich sogar, dass Oma und ich im Buch schon viel weiter gekommen waren. Lena merkte das und ließ mich den neuen Text vorlesen, bevor sie die Kassette einlegte.

Vielleicht sollte ich die Schule stecken, dachte ich ein paar Mal im Laufe des Tages. Falls es ... schief läuft mit Mama und Papa. Dann ziehe ich zu Oma und hör mit der Schule auf, weil Oma und ich viel effektiver als die 6b sind. Kein schlechter Gedanke!

Ein paar Veränderungen gab es aber doch. Lena war in der ersten Woche, in der ich weg war, bei einem Studientag gewesen, wo sie gelernt hatte, wie ein Klassenzimmer eingerichtet sein sollte. Jetzt saßen wir in zwei großen Halbkreisen statt wie vorher in Vierergruppen, wie sie es bei ihrem letzten Studientag gelernt hatte. Ich bin ja mal gespannt, was sie über die Einrichtung von Klassenzimmern lernt, wenn wir in der Siebten sind. Falls wir sie dann noch haben. Na ja, jedenfalls: Nach dem Umräumen waren natürlich Natta und Ludde nebeneinander an dem kleineren Halbkreis gelandet.

Weil ich nicht da gewesen war, musste ich den Platz nehmen, der übrig geblieben war, direkt neben dem Fenster im größeren der beiden Halbkreise. Neben mir saß Emilia, was ich nett fand. Wir haben uns gleich am Montag zusammengetan, nachdem ich gerafft hatte, was mit Natta und Ludde war. Wie schon erwähnt war es Emilia, die mir Näheres erzählte.

Als ich nach diesem ersten Schultag nach Hause kam, war die Wohnung betrüblich leer, wie immer, wenn Mama nicht auf ihrer Computertastatur herumklapperte. Papa und Ingalill kamen ja erst später.

Oh, wie weit weg Mogan und Elin und Ernst mir vorkamen! Als hätte jemand anderes als ich das alles erlebt.

So vergingen die Tage. Sie wurden dunkler und kürzer und die Wochen des tristesten Monats im Jahr, November, reihten sich aneinander. An Mamas Geburtstag, dem 4. November, telefonierten wir ganz lange miteinander. Oma war gekommen und hatte Mamas Lieblingsessen gekocht: Roastbeefbraten, Ofenkartoffeln, Beerengelee und Zuckererbsen. Dann stießen wir auf Mama an.

»Gar nicht so übel«, sagte Papa wie immer, wenn ihm etwas besonders schmeckt.

Ingalill war an diesem Abend natürlich nicht dabei, aber sie kreuzte weiterhin immer mal wieder bei uns auf, um Frikadellen zu machen und mich in einem ganz speziellen Tonfall Elvira zu nennen, nicht direkt unfreundlich, aber irgendwie so *betont.* Mir ging durch den Kopf, dass ich sie mal ganz gern gemocht hatte. Vor diesem unseligen Donnerstag. Da haben wir uns oft über Bücher unterhalten und ich hatte angefangen mich immer mehr auf sie zu verlassen, so weit, dass ich lieber sie als irgendjemand anderen fragte, wenn ich gerade kein gutes Buch zu lesen hatte.

Wenn sie mit Papa zu uns nach Hause kam, unterhielt sie sich nie mit mir über Bücher. Ich verzog mich allerdings meistens gleich in mein Zimmer und machte die Tür hinter mir zu, also hätte sie auch keine Chance gehabt, wenn sie mit mir hätte reden wollen. Ich ertrug es irgendwie nicht, dass sie mit unseren Schüsseln und Töpfen rumklapperte oder »Björn! Wo ist eure Knoblauchpresse?« rief.

Gegen Ende November wurden ihre Besuche seltener. Stattdessen war Papa jetzt abends häufiger weg. Natürlich war nicht schwer zu erraten, wo er steckte, aber ich fragte nie nach, weil ich es gar nicht wissen wollte. Ich schrieb an Elin, und manchmal, wenn ich das Gefühl hatte, ganz schnell eine beruhigende Antwort kriegen zu müssen, mailte ich. Elins Antworten trösteten immer. »Männern wird es schnell langweilig, wenn das, was verboten war, plötzlich erlaubt ist. Du wirst schon sehen, das gilt für deinen Vater genauso wie für meinen.« Die Worte gingen runter wie ein Glas Wasser nach einer langen Wüstenwanderung. (Den letzten Satz habe ich aus der Zeitung geklaut.) Und dann dachte ich, verständlicherweise: Und was ist mit Mama? Gilt das, was für Männer gilt, eigentlich auch für sie? Sie ist schließlich jeden Tag mit Eje zusammen, so erlaubt wie nur was ... Ich mochte gar nicht daran denken.

So anstrengende Wochen wie im November hatte ich überhaupt noch nie durchgemacht. Wie gesagt war da nicht nur die Sache mit Mama und Papa. Ich vermisste Nathalie, obwohl Emilia wirklich nett war. Über das mit Ludde kam ich ziemlich schnell hinweg. So süß war er eigentlich gar nicht. Da gab es einen Jungen in der 6a, Mehmed, der mindestens genauso gut aussah. Er guckte in den Pausen öfter zu mir rüber und Emilia meinte, dass er bestimmt mit mir gehen wollte. Aber ich machte mir in dieser Zeit nicht sonderlich viel aus solchen Sachen. Jungs waren unwichtig im Vergleich zu allem anderen.

Der Fehler mit Emilia war, na ja, eigentlich hatte sie überhaupt keinen Fehler, aber trotzdem: Ich konnte mit ihr nicht *darüber* reden und das fehlte mir. Nathalie mit ihren geschiedenen Eltern würde mich verstehen, aber sie sah ich nur noch tagsüber in der Klasse. Manchmal dachte ich, wenn Mehmed mich fragen würde ... Na ja, also, ich würde meine beste Freundin jedenfalls nicht im Stich lassen, nur weil ich einen Freund hatte.

Endlich kam der Dezember und in allen Fenstern leuchteten elektrische Lichterbögen. Irgendwie ist im Advent alles leichter. Das hab ich früher schon so empfunden, aber noch nie so deutlich wie in diesem Jahr.

Unsere Familie ist nicht direkt religiös, aber Papa findet, dass man ruhig ab und zu in die Kirche gehen kann, Ostern und Weihnachten und am ersten Advent zum Beispiel. Also gingen Papa und ich in den Adventsgottesdienst in der Engelbrechtskirche. Papa ist in der Engelbrechtsgemeinde geboren und hegt eine gewisse Vorliebe für diese Kirche, wie er sagt. Danach verbrachten wir einen herrlichen Feiertag zusammen, nur wir beide. Wir fuhren mit der Linie 4 bis zur Endhaltestelle und spazierten an der Berwaldhalle vorbei Richtung Tierpark. Dort gab es einen Weihnachtsmarkt mit Glühweinständen und einer Lotteriebude und Lucia-Gebäck. Wir aßen in einem Lokal mit einem schrecklichen Namen, *Greiseneck*, aber das Essen war gut. Als wir vor unseren Tellern mit Weihnachtsschinken und Fleischklößchen und Würstchen saßen, dachte ich: Jetzt oder nie. Jetzt frag ich ihn, wie es weitergehen soll.

Ich kriegte natürlich sofort Herzrasen, als ich zu meiner Frage ansetzte, darum kam sie auch total verkorkst raus. Ich sagte: »Äh, Ingalill . . . Hab sie schon lange nicht mehr gesehen, irgendwie.«

Ich traute mich nicht Papa anzugucken und starrte in mein Glas mit Weihnachtsmost. Aber Papa schien gar nicht zu merken, wie zittrig ich war, und er klang wie immer, als er antwortete:

»Sie macht Urlaub bei ihrer Schwester in Kanada. Warum? Vermisst du sie?«

»Nee«, das war alles, was ich rauskriegte, obwohl

ich im Stillen dachte: Da kann sie meinetwegen gerne bleiben.

Danach fiel mir keine gute Frage mehr ein, ich bekam also nicht heraus, wie es weitergehen würde. Blieb mir nur weiter abzuwarten, so wie Elin es immer wieder in ihren Briefen schrieb. Ich hab irgendwo gelesen, dass man von zu vielem Warten graue Haare kriegt. Als wir nach Hause kamen, habe ich erst mal mein Haar ausgiebig im Badezimmerspiegel untersucht.

Aber es war genauso aschblond wie immer. Roggenblond, meine ich natürlich.

## 5

Man kann nicht immer nur grübeln.

Auch wenn man es nicht merkt, wenn man mittendrin steckt, passieren doch die ganze Zeit eine Menge kleiner Dinge, und ein paar davon sind richtig nett. Das Beste, was im Dezember passierte, war, dass Nathalie und ich uns wieder vertrugen. (Das Allerbeste kommt im nächsten Kapitel.) Na ja, gestritten hatten wir uns ja eigentlich nicht, aber wir hatten überhaupt nicht mehr miteinander gesprochen, seit ich von Gran Canaria zurück war, jedenfalls nicht auf die alte, gewohnte, gemütliche Art. Ich holte sie zwar weiter jeden Morgen ab, was ein Glück für sie war, sonst hätte sie im Herbst wahrscheinlich die

Hälfte aller ersten Stunden verpasst. Während wir zur Schule rannten, unterhielten wir uns hauptsächlich über die *Pepper-Girls*-Gala, die immer näher rückte. Und ein paar Mal erkundigte sie sich sogar nach den Kanaren und da erzählte ich ihr, dass ich mich mit Elin angefreundet hatte, obwohl sie schon fünfzehn war, und dass wir uns vielleicht in den Weihnachtsferien treffen würden. Klar, das war eigentlich noch völlig unsicher, aber es war irgendwie wichtig, etwas zu bieten zu haben, wenn man weder einen Freund hatte noch ein Playback-Star war.

Aber Thema Nummer eins war natürlich der *Pepper-Girls*-Wettbewerb, und je näher der 13. Dezember und damit das Lucia-Fest rückte, desto mehr wurde darüber gesprochen. Selbst Lena, unsere Lehrerin, die eigentlich gegen den ganzen Werberummel gewesen war, schien plötzlich interessiert, und eines Tages, kurz vorm Lucia-Tag, als sie es nicht mehr schaffte, unserem Gerede über den Wettbewerb ein Ende zu machen, sagte sie:

»Kinder, alle mal herhören!« (Sie sagt »Kinder«, wenn sie findet, dass wir zu laut sind.)

Es wurde leiser, aber noch nicht leise genug, also hob sie ihre Stimme: »Herhören, ich will was zu dem *Pepper*-Rummel und zum Lucia Fest sagen!«

Auf einen Schlag war es mucksmäuschenstill und sie konnte fortfahren.

»Wenn ihr mir eine Sache versprecht, dann versprech ich euch dafür was anderes«, sagte sie und wir nickten alle. »Also: Wenn ihr mir versprecht für den Rest des Halbjahres ordentlich zu arbeiten und nicht die Hälfte der Stunden mit Diskussionen über dieses Werbetrara zu vergeuden, dann frage ich die Rektorin, ob wir in der Woche nach dem Fest eine richtig schöne Klassenparty feiern dürfen. Normalerweise bin ich ja für so was nicht zu haben, aber wenn ihr mir entgegenkommt, komme ich euch auch entgegen.«

»Machen wir die Party, um den Sieg zu feiern?«, fragte jemand, ich weiß nicht mehr wer.

»Und was, wenn die Fünftklässler gewinnen oder die Viertklässler, oder noch schlimmer die Skogs-Schule?«, rief jemand anderes.

»Egal, wie es ausgeht«, sagte Lena. »Wenn wir gewinnen, also Jonnas und Nathalies Gruppe, dann können wir das ja feiern. Und sonst ist es eben einfach eine Klassenparty. Eine Bedingung hab ich noch: Sie muss an einem Wochentag stattfinden, nicht am Freitag oder Samstag.«

Wir wussten, worauf sie anspielte. Im letzten Frühjahr hatten die damaligen Sechsten an einem Freitag eine Klassendisco veranstaltet, mit nur zwei Müttern zur Aufsicht. Es waren jede Menge Jungs und ein paar Mädchen aus der Achten und Neunten gekommen. Sie waren betrunken gewesen und hatten Bier auf den Fluren und im Musiksaal, wo die Disco stattfand, verschüttet. Am Ende mussten die beiden Mütter die Polizei rufen. Danach war beschlossen worden, dass Discoabende und Klassenpartys nicht mehr freitags oder samstags stattfinden durften und dass mindestens ein Lehrer und zwei Eltern anwesend sein mussten. Wir hatten in unserer Klasse noch nie eine Party gemacht, aber jetzt, wo

Lena von sich aus den Vorschlag machte, würden wir ganz bestimmt nicht Nein sagen.

Emilia flüsterte mir schnell etwas zu, was ich nicht verstand, und hob die Hand.

»Soll unsere Klasse allein feiern? Oder können wir die aus der a-Klasse auch fragen?«

»Wollt ihr das?«

»Jaaa«, riefen die meisten.

»Okay, ich werde Anders fragen. Er macht bestimmt mit, wenn er kann.«

Anders war Klassenlehrer in der 6a, und schon in der nächsten Stunde wussten wir, dass seine Klasse dabei sein würde.

Das mit der Party war ganz schön clever von Lena. Endlich kehrte wieder ein wenig Ruhe in ihren Unterricht ein, besonders nachdem sie angekündigt hatte, dass uns bis zum Tag der Party, die Mittwoch, den 16. Dezember, stattfinden sollte, jeden Schultag die letzten zwanzig Minuten für Diskussionen über den Wettbewerb und die Klassenparty zur Verfügung stehen würden. Das hieß: bis zwanzig Minuten vor Schulschluss kein Wort außer über Mathe, Schwedisch, Sozialkunde und so weiter! Ansonsten riskierten wir, dass die Party abgeblasen würde.

Emilia war auch ganz schön pfiffig gewesen, aber das ging mir erst in der Pause auf.

»Wie bist du bloß auf die Idee mit der 6a gekommen?«, fragte ich sie.

»Na, dann ist Mehmed auch dabei, kapiert, du Dämel!«

»Hast du deswegen ...«, setzte ich an.

»Klar! Was denkst du denn?«

»Na ja. Freddy ist doch auch in der a.«

Emilia wurde rot bis an die Ohrläppchen, ich hatte also ins Schwarze getroffen.

Aber es lag nicht nur an den beiden Jungs, dass wir es klasse fanden, eine Party zu machen. Wir würden eine Disco veranstalten, aber nicht nur das. Wir wollten ein richtiges Programm auf die Beine stellen, mit Wettbewerben und allen möglichen anderen Sachen, die Lena und Anders organisieren wollten. Und jeder sollte ein Weihnachtsgeschenk für mindestens zehn und höchstens fünfzehn Kronen mitbringen, die nummeriert auf einen Haufen gelegt und später verlost werden sollten. Und natürlich würde es Limo und Chips und Würstchen und Süßigkeiten geben.

»Ich weiß noch von früher, dass Tanzen allein nicht genug ist.«

Damit spielte Lena natürlich darauf an, dass Jungs nie tanzen wollten, womit wir Mädchen auch schon gerechnet hatten.

An dem Tag, an dem all das passierte und entschieden wurde, gingen Nathalie und ich ausnahmsweise mal wieder zusammen nach Hause. Ludde und Emilia waren beide in die Partyvorbereitungsgruppe gewählt worden und es war keine *Pepper*-Probe an diesem Nachmittag. Da gingen wir also, wie in alten Tagen. Nathalie legte sogar ihren Arm um meine Schulter, wie immer, wenn sie etwas Bestimmtes wollte.

»Du, wollen wir nicht zu mir hochgehen und ein

bisschen quatschen?«, sagte sie und mir wurde vor Freude ganz warm im Bauch.

Ich nickte.

»Wir haben irgendwie noch kein bisschen geredet, seit du aus dem Urlaub zurück bist.«

»Das hat nicht an mir gelegen«, erwiderte ich; ich konnte einfach nicht anders.

»Nein, ich weiß. Es ist blöd, dass ich so viel mit Ludde zusammen bin. Er ist nett und alles, keine Frage, aber du weißt schon, Jungs ... Man kann mit ihnen eben nicht über alles reden. Magst du Emilia?«

»Klar mag ich sie. Sie ist in Ordnung, obwohl wir auch nicht über, na du weißt schon was, reden.«

»Und wie geht's jetzt weiter?«

»Keine Ahnung.«

So fing es an und danach verquatschten wir den ganzen Nachmittag. Ein gutes Gefühl war das. Ich erzählte ein bisschen von Mogan, obwohl das in dem Augenblick nicht das Wichtigste war. Natta war höllisch neugierig, was Elin anging, vielleicht war sie sogar ein bisschen eifersüchtig, obwohl sie doch Ludde hatte. Darüber sprachen wir auch ziemlich ausgiebig. Dass sie und Ludde fast wie die Älteren aus der Oberstufe zusammen waren. In der Sechsten gucken die, die zusammen sind, sich normalerweise mehr oder weniger nur an, aber Nathalie war ja schon immer weiter gewesen als die anderen. Vielleicht stimmt das mit dem Jungen, den sie auf Mallorca kennen gelernt hat, ja doch, dachte ich, aber darüber sprachen wir nicht.

Später hörten wir uns Nathalies neue CD von LL Cool J an und vergaßen dabei völlig die Zeit. Ich musste schnell bei Papa anrufen, der schon seit Stunden zu Hause war und sich Sorgen machte. Er freute sich, dass ich »den Kontakt zu Nathalie wieder aufgenommen« hatte, wie er sagte, und war gar nicht böse, als ich zu den kalt gewordenen Makkaroni nach Hause kam, die ich in der Mikrowelle aufwärmen musste.

## 6

Den Rest des Halbjahres war ich mit Nathalie und Emilia zusammen, was recht gut ging, weil Natta nach wie vor ziemlich viel Zeit mit Ludde verbrachte. Wir schafften es sogar, unsere Abmachung mit Lena einzuhalten, uns in den Stunden zusammenzureißen. Mir tat es gut, an andere Dinge zu denken als an Mama und Papa. Ich grübelte inzwischen viel weniger, was vielleicht auch daran lag, dass Ingalill außer Sicht war. Ich hab keine Ahnung, ob Papa mit ihr telefonierte oder ihr schrieb, auf alle Fälle telefonierte er nach wie vor mit Mama. Das merkte ich daran, dass er mir ziemlich oft Grüße von ihr ausrichtete, wenn er aus der Schule kam. Und manchmal riefen wir sie auch von zu Hause aus an. Ein paar Tage vor dem Lucia-Fest meldete sich Oma und erzählte was Schönes. Ernst war in der Stadt gewesen und sie hatten sich zusammen ein Musical angeguckt.

»Seid ihr immer noch bloß Freunde?« Ich konnte mir die Frage nicht verkneifen und wie üblich lachte Oma.

»Du kleine Kupplerin! Ja, stell dir mal vor, das sind wir.«

»Willst du ihn nicht auch mal besuchen?«

»Nein, wir haben keine Pläne in dieser Richtung.«

Ich seufzte ein wenig enttäuscht, aber dann setzte ich mich an den Computer und schickte eine E-Mail an Elin, in der ich ihr von dem Musical-Besuch erzählte.

Der Lucia-Sonntag, Tag der großen Aufführung, rückte immer näher. An dem Samstagabend davor, nach der letzten *Pepper*-Probe, saßen Natta, Emilia und ich in meinem Zimmer und machten uns gegenseitig nervös. Natta hätte Figaro fast zerdrückt, wenn ich ihn ihr nicht weggenommen hätte.

»Wir gewinnen«, sagten Emilia und ich immer wieder, obwohl wir eigentlich gar nicht so sicher waren. »Du und Jonna, ihr seid garantiert die Hübschesten.«

Da klingelte das Telefon. Papa war nicht zu Hause (gut zu wissen, dass eine bestimmte Dame immer noch in Kanada war), also rannte ich auf den Flur und nahm den Hörer ab.

Es war Mama.

»Liebling, es klappt! Wir kriegen die Zweizimmerwohnung über Weihnachten! Ist Papa zu Hause?«

Ich verstand nur Bahnhof.

»Nein, Papa ist auf irgendeiner Sitzung. Was für eine Zweizimmerwohnung?«

»Sitzung an einem Samstagabend, das sieht ihm ähnlich. Hat er dir denn gar nichts gesagt, Schatz?«

»Doch, es geht um irgendwas, womit sie gestern Nachmittag nicht fertig geworden sind, und darum müssen sie heute weitermachen. Er ist schon seit vier Uhr weg.«

»Aha, ach so, aber das meine ich nicht. Ich meine die Wohnung im Pariser Kulturzentrum, die ich über Weihnachten und Neujahr zu mieten versucht habe. Vor zehn Minuten habe ich Bescheid bekommen, dass es klappt. Ist das nicht spitze?!«

Ich verstand immer noch nicht so recht, wovon Mama redete.

»Und wer soll da wohnen?«

»Wir natürlich! Alle drei.«

»Ich und du und Papa?«

»Ja, wer denn sonst?«

»Und Eje?«, fragte ich dämlich.

»Der fährt über Weihnachten nach Hause.«

»Dann hat es sich also geklärt? Das mit der Perspektive und so?«

Mama räusperte sich. Dann sagte sie: »Wir wollen das Ganze langsam angehen lassen, falls du verstehst, was ich meine. Eins nach dem anderen. Papa und ich haben jedenfalls beschlossen gemeinsam Weihnachten zu feiern, wenn es sich machen lässt. Hat er dir denn wirklich nichts davon erzählt, Madde?«

»Kein Wort.«

»Na ja, er wollte wohl vermeiden, dass du enttäuscht bist, falls es nicht geklappt hätte«, vermutete Mama.

»Und warum fährt Eje nach Hause?«

»Er will ein paar Bilder ausstellen, die er im Laufe des Herbstes hier gemalt hat.«

»Weißt du, dass Ingalill in Kanada ist?«

»Natürlich weiß ich das, Madde. Aber Eje und Ingalill haben nichts mit unserem Weihnachtsfest zu tun, verstehst du. Jetzt müssen wir aber Schluss machen, sonst wird es zu teuer. Richte Papa aus, was ich gesagt habe, und vielleicht könnt ihr mich ja morgen mal anrufen. Kuss und Umarmung!«

Natürlich war das eine wunderbare Nachricht, obwohl ich nicht nur froh, sondern auch ziemlich sauer war, als ich den Hörer auflegte. Nie kriegte man eine ordentliche Antwort. Natürlich haben Eje und Ingalill mit allem zu tun, das hatten Mama und Papa im September selbst gesagt. Warum konnten sie nicht sagen, wie es wirklich war, in diesem Moment?

Mir schwirrten so viele Gedanken im Kopf herum, dass ich gar nicht anders konnte als Natta und Emilia alles zu erzählen, als ich zurück in mein Zimmer kam. Zuerst nahm ich Natta Figaro weg, weil ich was Vertrautes brauchte, an dem ich mich festhalten konnte, danach sprudelte alles aus mir heraus. Arme Emilia, sie raffte gar nichts, denn sie wusste ja nur, dass Mama für ein paar Monate in Frankreich arbeitete. Also fasste ich alles, was im Herbst passiert war, noch einmal für sie zusammen. Es war gut, mit ihnen zu reden, die beiden nahmen sich meine Probleme wirklich zu Herzen. Und Emilia sagte etwas richtig Gutes: »Ich glaube, sie müssen es einfach mal mit jemand anderem probieren, so was hört man ja immer wieder oder sieht es im Fernsehen. Und eigentlich finde ich es richtig gut von deinem Vater und deiner Mutter, dass sie es ganz offen machen und nicht klammheimlich oder so.«

»Haben deine Eltern ...«, setzte ich an, weil ich das Gefühl hatte, dass sie auf etwas Bestimmtes anspielte. Soweit ich wusste, waren ihre Eltern immer verheiratet gewesen und außerdem hatten sie einen Haufen Kinder. Emilia hatte vier Geschwister, das kleinste war erst fünf Monate alt.

Emilia lachte.

»Nein, für solche Sachen haben Mama und Papa gar keine Zeit, dazu haben sie viel zu viele Kinder. Aber man kann nie wissen. Vielleicht kommt es bei ihnen ja später. Dann würd ich durchdrehen, echt.«

Sie biss sich auf die Lippe und sah mich an. Das Letzte, was sie gesagt hatte, hieß ja, dass ich eigentlich durchgedreht sein müsste, weil ich mittendrin steckte.

Da sagte Natta auch etwas Schlaues: »Ich glaube, sie haben die Nase voll von den beiden Neuen.«

Ich nickte und dachte an das, was Elin gesagt hatte: Wenn etwas erlaubt ist, das vorher verboten war, macht es nicht mehr so viel Spaß.

Wir einigten uns darauf, dass es wohl das Beste wäre, gar nicht erst zu heiraten. Das brachte nur Probleme und Elend mit sich. Entweder eine Menge Kinder, die einen nie schlafen ließen (sagte Emilia), oder eine richtige Scheidung (wie bei Nattas Eltern) oder Schlendrian und so weiter (wie bei meinen).

Als Papa um neun Uhr nach Hause kam, brachten wir Natta und Emilia nach Hause, weil es schon dunkel draußen war und ungemütlich und weil spätabends ja so allerhand passieren konnte. Papa freute sich riesig über die Nachricht mit der Zweizimmerwohnung und erklärte mir, was das bedeutete. In Paris gibt es ein schwedisches Haus, in dem man Zimmer oder Wohnungen mieten kann, wenn man »im Bereich der Kultur tätig« ist, also zum Beispiel Schriftstellerin ist wie Mama. Normalerweise sollte man mindestens einen Monat dort wohnen und Bücher schreiben oder Bilder malen, aber in Ausnahmefällen geht es auch etwas kürzer, zum Beispiel, wenn ein Zimmer frei ist, weil jemand über die Weihnachtstage nach Hause gefahren ist oder so. Und wenn man Glück hat, darf man seine ganze Familie mitbringen.

Und wir hatten Glück.

Familie. Doch, noch waren wir eine Familie. Das war so ungefähr das Letzte, was ich vorm Einschlafen dachte.

# 7

Natürlich gewannen wir. Na ja, was heißt hier *wir* – Nathalie und Jonna und Leila und Sofie –, aber jedenfalls wir aus der Sechsten und unsere Schule.

Das Einkaufszentrum war an diesem Tag proppenvoll. Alle Geschäfte hatten geöffnet, obwohl Sonntag war. Zuerst zog der Lucia-Zug durch alle Läden, überall gab es Stände, an denen man Kaffee, Saftpunsch und Lucia-Gebäck kaufen konnte, wenn man es schaffte, sich durch das Gewühl zu drängen. Um fünf Uhr fand auf der Bühne in der Mitte des Einkaufszentrums, dort, wo sozusagen alle Gänge zusammenliefen, das Finale des Playback-Wettbewerbs statt. Es waren unheimlich viele Leute gekommen, und als eine der anderen Gruppen aus der Sechsten auftrat, ertönte plötzlich lautes Gebrüll von einem Kind, das in dem Gewimmel seine Mutter verloren hatte. Die Gruppe musste noch mal von vorne anfangen.

Wenn ich ganz ehrlich sein soll, fand ich keine der Gruppen besonders gut. Sie hatten total alberne Sachen an, grüne Jacken mit Werbung drauf und kurze weiße Röcke, auf den *Vivo* stand. Dazu rote Stiefel mit einem Firmenlogo. Einige schafften es noch nicht mal, die Lippen im Einklang mit der Musik zu bewegen, die aus den Lautsprechern dröhnte. Unsere Gruppe war mit Abstand die beste. Die Jury, Frauen und Männer, die von den Sponsoren ausgesucht worden waren, waren eindeutig gerecht.

Was hinterher kam, war ziemlich enttäuschend. Das fanden Nathalie und die anderen aus ihrer Gruppe auch, obwohl sie zu einem leckeren Abendessen mit Entrecote und Pommes und Sauce béarnaise im Zentrumsgrill eingeladen worden waren, als der ganze Rummel vorbei war und die Geschäfte geschlossen hatten.

Natta rief mich abends an, als sie wieder zu Hause war, und sagte, sie glaube eigentlich nicht, dass *Vivo* und die anderen Supermärkte wirklich eine Popgruppe aus ihr und den anderen Mädchen machen würden. Und dann sagte sie noch etwas, wohl in der Hoffnung, dass es mich freuen würde: Ludde und sie hatten Schluss gemacht. Gleich nach dem Wettbewerb, als Nathalie auf dem Weg zum Zentrumsgrill war. Ludde hatte es geschafft, sich zu ihr durchzudrängeln, um ihr zu gratulieren, und danach hatte er gesagt: »Wollen wir nicht Schluss machen?« Worauf Natta geantwortet hatte: »Klar, wenn du willst.« Und das war's dann. Kinderleicht. Nur nicht für Erwachsene um die vierzig, so viel hatte ich inzwischen begriffen.

»Also ... wenn du willst, kann ich, oder Emilia, ihn fragen, ich meine, falls du ihn immer noch magst«, stammelte Nathalie. Ich hörte an ihrer Stimme, dass sie sich ziemlich bescheuert vorkam, so nach dem Motto: Du kannst ihn haben, ich brauch ihn nicht mehr.

Ich grinste, weil mir längst egal war, wer alles Chancen bei Ludde Åkerblad hatte, und als ich nicht gleich antwortete, hakte Natta nach: »Oder stimmt es, was Emilia sagt ... das mit Mehmed ...?«

»Quatsch, weder noch. Mich interessiert im Moment hauptsächlich, wie es Weihnachten mit Mama und Papa wird und überhaupt.«

»Warten wir trotzdem mal ab, was Mittwoch passiert.« Natta blieb hartnäckig.

»Nichts wird am Mittwoch passieren«, sagte ich. »Ich hol dich morgen früh ab. Tschüs!«

Aber ich hatte mich getäuscht. Und ob was passierte auf der Fete. Am Anfang war es noch ganz ruhig, fast ein bisschen langweilig. Die Jungs standen in einer Ecke für sich, außer ein paar, die mit einem Tafelschwamm Fußball spielten, und den beiden, die sich um die Anlage kümmerten. Die Mädchen, die nicht mit den Tischen und Paketen beschäftigt waren, standen auch alle auf einem Haufen zusammen.

Nach einer Weile fingen die Ersten an zu tanzen. Am Anfang nur die Mädchen, aber kurze Zeit später kamen die Jungs auch in Schwung. Und dann forderte Ludde mich auf! Danach Mehmed und dann wieder Ludde. Als Emilia und ich aufs Klo gingen, erzählte sie mir, dass sie von Mini aus der 6a und Nikos aus unserer Klasse erfahren hatte, dass sowohl Ludde als auch Mehmed mit mir gehen wollten, aber das glaubte ich ihr nicht.

Und dabei hatte sie Recht!

Zuerst kam Nikos, um für Ludde zu fragen. Es gab gerade Würstchen und Brot und ich hätte laut losprusten können. Zum Glück sah man mir das nicht an, ich weiß nämlich, was für ein Gefühl das ist, wenn man jemanden mag. Ich schüttelte den Kopf und schielte unauffällig zu Ludde rüber. Er hatte es mitbekommen und sah ziemlich enttäuscht aus. Im nächsten Augenblick warf er Kemal den nassen Tafelschwamm mitten ins Gesicht, und wenn Lena und Jonnas Vater, die die Aufsicht hatten, ihm nicht den Schwamm weggenommen hätten, hätte es sicher eine Prügelei gegeben.

Mehmed schickte niemanden vor, er kam selbst! Man merkt, dass er früher in Malmö gewohnt hat, da ist das anscheinend üblich. Als ein langsames Stück gespielt wurde, stand er plötzlich vor mir und mir wurde ganz warm im Bauch, weil er so fantastisch braune Augen hat. Und dann sagte er: »Ich mag dich. Wollen wir zusammen tanzen?«

Einfach so! Ich wär fast gestorben. Danach tanzten wir den Rest des Abends zusammen und das ist auch das Einzige, woran ich mich noch erinnern kann.

## 8

Ich bin am Packen.

Heute ist Montag und am Mittwoch ist Heiligabend. Morgen fliegen Papa und ich zu einem Flughafen, der *Charles de Gaulle* heißt, nach einem bekannten französischen General und Präsidenten. Ich kneife mir alle naselang in den Arm, um sicherzugehen, dass es auch wahr ist. Ich, die ich bis vor ein paar Monaten noch nie geflogen bin, tue zur Zeit nichts anderes als zu fliegen und zu verreisen. Das meinten Emilia und Nathalie, als wir uns am Freitag nach der Abschlussveranstaltung in der Schule verabschiedet haben. Obwohl ich das ein bisschen übertrieben finde. Es ist erst das dritte Mal, dass ich in die Luft steige, Natta ist bestimmt schon zehnmal geflogen. Emilia noch nie. Sie war nur einmal mit der Tante ihrer Mutter in Rimini.

Und was gibt es über Mehmed zu erzählen?

Nach dem Fest ist eigentlich nicht mehr viel passiert, wir wissen voneinander und gucken uns öfter in den Pausen an. Das ist ein kribbeliges Gefühl, aber nicht so schrecklich wichtig. Wir kleben nicht so zusammen wie Natta und Ludde. Eigentlich haben wir seit Mittwochabend kaum ein Wort gewechselt. Die Jungs in Malmö scheinen unseren Jungs hier also doch ähnlicher zu sein, als ich dachte, obwohl ich am Mittwoch noch geglaubt habe, dass es da Unterschiede gäbe. Ich hab Elin alles am Telefon erzählt. Wir sind gestern in Papas Büro gegangen und haben von da aus angerufen. Die Schule war völlig still und leer.

Ich dürfte das eigentlich gar nicht erzählen, weil nicht mal ein Rektor von seinem Diensttelefon privat ins Ausland telefonieren darf. Aber ich hab Papas Nachnamen ja nirgendwo erwähnt und auch nicht erzählt, wo wir genau wohnen. Und die meisten Personen in dieser Geschichte heißen in Wirklichkeit anders, außer Elin und mir und meinen Freunden. Also kann ihn auch niemand, der das hier liest, erkennen und anzeigen. Aber Mogan gibt es wirklich und ich würde total gern noch mal dorthin fliegen. (Am liebsten mit Mama und Papa, allen beiden . . .)

Das hab ich Papa auch gesagt, dass ich in den nächsten Ferien mit der ganzen Familie nach Mogan fliegen will. Ich hab das hauptsächlich gesagt, um zu sehen, ob ich ihn nicht dazu bringen kann, mir zu sagen, wie es weitergehen soll. Aber glaubt ja nicht, dass ich jetzt schlauer bin! »Wir werden sehen«, hat er nur gesagt. Ganz hoffnungslos scheint es immerhin nicht zu sein.

Eine tolle Sache ist wenigstens sicher: Elin kommt über Silvester nach Paris! Sie wohnt irgendwo ein Stück außerhalb in einem Haus, das *Maison Lafitte* heißt. Dahin zieht Elins Familie in einem halben Jahr. Wahnsinn.

Ich nehme alles mit, was ich bis dahin geschrieben habe. Ich bin noch nicht ganz fertig, obwohl ich jede freie Minute geschuftet habe. Ein Glück, dass Oma und ich in Mogan so viel Unterrichtsstoff geschafft haben, dadurch nehmen die Hausaufgaben nicht so viel Zeit in Anspruch wie sonst. Und den ganzen elenden November hab ich ja meist drinnen gehockt und Frust geschoben. Da tat es gut zu schreiben.

Vielleicht werde ich ja auch Schriftstellerin wie Mama. Wenn das hier jemals ein richtig gedrucktes Buch wird, schreibe ich auf alle Fälle noch ein zweites.

Bald werde ich es wissen.